狹谷

潘壘 著

謹以此書　獻給
父母親在天之靈

總序

無擾為靜，單純最美

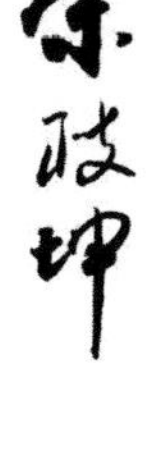

記得三十年前大二那年暑假，我一個人待在陽明山，窩在學校附近的宿舍裏——避暑、看書、打球，日子過得好不愜意。那時候我瘋狂的迷上讀小說，其中最喜歡且印象最深刻的就是潘壘寫的《魔鬼樹——孽子三部曲》、《靜靜的紅河》（以上皆聯經出版）。那年暑假我糾結在潘壘筆下小說人物的內心世界裏，山與海彷彿都充滿著熱與火，劇情結構好像電影，有鏡頭、有風景，愛恨糾纏，直叫人熱血澎湃。那是我年輕時代裏最美好的一個暑假，此後就再也沒有過。總覺得那年暑假帶走我少年時最後一個夏季！那段山上讀書無憂無慮的日子，在我記憶裏總是如此深刻。

之後幾年，我一直很納悶，像潘壘這樣一位優秀的小說家，怎麼會突然就銷聲匿跡似的，再也不見蹤影？難道他已經江郎才盡？或者他早已「棄文從影」？又或者是重返故鄉，至此消逝於天涯？我抱持這樣的疑惑，直到真正遇見他本人。

那是十年前（二〇〇四年）某天下午，《野風雜誌》創辦人師範先生，很意外地帶著一位看起來精神矍鑠的長輩造訪秀威公司。當他們突然出現在辦公室時，我一時還真有點手無足措，當時我正和幾位同仁開會，小小的辦公室擠不下更多的人，開會的同仁們見狀一哄而散。我一得知坐在師範身旁的就是作家潘壘時，當下真是驚訝到說不出話來，不是矯情，真正是恍然如夢。因為有太多年了，我幾乎再也沒有聽過潘壘的消息；就像已經有太多年了，我幾乎忘掉那一個青春的盛夏！

我們好像連客套的問候都還沒開始，潘壘先生就急著問我是否有可能重新出版他的作品，而且如果能夠的話，他想出版一整套完整的作品全集。我當時才確認，潘壘八〇年代以後再也沒有新作問世。他突然丟出這個難題，我一時竟答不出話來，想到這套作品至少有上百萬字，全部需要重新打字、編校、排版、設計，這無疑將會是一筆龐大的支出，以當時公司草創初期的困窘，我實在沒有太多勇氣敢答應。對於這麼一位曾經在我年輕時十分推崇而著迷的作家，竟是在這樣一個場合下碰面，我實在感到十分難堪。在無力承諾完成託付的當下，我偷偷地瞥他一眼，見他流露出一抹失落的眼神，老實說，我心情非常難過，甚至於有一種羞愧的感覺。這件事、這種遺憾，我很少跟別人說，卻始終一直放在心上，直到去年。

去年，在一次很偶然的機會裏，我得知國家電影資料館即將出版《不枉此生——潘壘回憶錄》（左桂芳編著），秀威公司很榮幸能夠從中協助，在過程中我告訴編輯，希望能夠主動告知潘壘先生，秀威願意替他完成當年未竟的夢想，這次一定會克服困難，不計代價，全力完成《潘壘全集》的重新出版。對我來說，多年的遺憾終能放下，心中真有一股說不出來的喜悅。作為一個曾經熱愛文藝的青年，已屆中年後卻仍有機會為自己敬愛的作家做一些事，這真是一種榮耀，我衷心感謝這樣的機會，這就像是年輕時聽過的優美歌曲，讓它重新有機會在另一個年輕的山谷中幽幽響起，那不正是我們對這個世界的傳承與愛嗎？

最後，我要感謝《潘壘全集》的催生者師範先生，感謝他不斷給予我這後生晚輩的鼓勵與提攜；同時也要感謝《文訊雜誌》社長封德屏女士，感謝她為我們這個時代的文學記憶保存許多珍貴的資料；當然，本全集的執行編輯林泰宏先生，在潘壘生活的安養院裏花了許多時間跟他老人家面對面訪談，多次往返奔波，詳細紀錄溝通，在此一併致謝。

無擾為靜，單純最美。當繁華落盡，我們要珍惜那個沒有虛華、沒有吹捧，最純粹也最靜美的心靈角落。當潘壘的生命來到一個不再被庸俗干擾的安靜之境，當他的作品只緩緩沉澱在讀者單純閱讀的喜悅中，我想，一個不會被忘記的靈魂，無論他的身分是「作家」，或是「導演」，都將永遠活在人們的心中。

謹以此再次向潘壘先生致敬！

二〇一四年八月一日

目次

民國三十九年的冬天，在西南國境邊緣的一個形勢險惡的狹谷中，有一座第二次世界大戰時日軍遺留下的碉堡，裡面有十個英勇的戰士據守著。他們的任務是截阻叛軍的追擊，掩護他們的部隊渡江，向緬邊的游擊根據地撤退。他們所接受的命令中特別指明：在二十四小時內，絕對不容許半個敵人通過狹谷。

戰鬥從這天的正午開始……

一

在黑夜到來之前，小土岡和松林間的槍聲，已經漸漸沉寂下來了……

山谷裡的黃昏，的確要比別的地方短些，尤其是在這個殘冬的森鬱的莽林裡。無力的，暗紅色的太陽剛剛從右面的山脊沉落，那令人愁悶而灰黯的陰影，便從這座山的山麓以一種細碎而匆忙的腳步，跳躍著，向下面略為傾斜的狹谷奔跑過去，只是一瞬間，它便跨過那條由前面的小土岡和松林之間蜿蜒而下，再經過狹谷而繞到山後去的小道，以及右邊的那座茂密的松林。然後，它一步一步地爬上小道左邊的小土岡。當一層薄薄的乳白色的暮靄，像那種小蜘蛛所結的網似的在山谷間瀰漫開來的時候，這整個山谷，便沉浸在這寒冷而悲哀的黃昏中了。

那座灰黑的碉堡如同幽靈般隱藏在山腰的矮樹叢間，露出那微圓的背，彷彿一隻疲倦的甲蟲似的靜靜地伏在那兒，它正以一種傲慢的神態，輕蔑地俯視著底下的狹谷——那條僵死了的小道，那光禿而焦黃的土岡，那座魔窟似的松林。它屏息著呼吸，機警地偵伺著，當它發現一些灰色的蛆蟲（像蛆蟲一樣的叛兵）在土岡和松林邊向那條深褐色的小道蠕爬過來的時候，那短短的火舌瞬即從它的小黑洞裡噴吐出來。像被鞭子抽打一樣，那些地方，便飛揚起一條條塵土的帶。它那種暴怒的吼聲，漩渦似的在山谷間迴響，終於沉沒於使人顫慄的靜默裡……

中尉排長魯平侯站在碉堡的槍洞前面。由於他的身材太高，所以他不得不微傴著，用左手扶著碉堡的水泥壁，向下面的狹谷凝望著。直到剛才的騷動完全平復，他才慢慢地回轉頭，向正在發出一種奇怪的笑聲的機槍手看看，然後摯切地說：

「李金福，你歇歇吧！」

李金福用袖拐擦去額上的汗珠，他那隻細小的鼻子滑稽地顫動著，臉上的肉像一隻野荸薺似的，從鼻子的四週堆起來。他笑笑，露出潔白的小牙齒。

「排長，」他憨直地說：「我一點也不累——您看，這些雜種，一下子就給咱們打垮啦。」

「不見得吧！」站在右邊的班長方璞插嘴道。但，他沒有回過頭，仍定神地由槍洞向外邊窺察著。他一邊說，一邊有點不耐煩地擰著手上的衝鋒槍的槍把。

「那麼簡單的！」他又肯定地補充著說。

「是呀！」那斜倚在排長左邊的副班長莫才同意地接著說：「少說，他們也有兩連人！」說著，他伸手去拍拍身邊那個小兵的肩膀。「周大元，你說是不是——哦，你在發抖呢！害怕嗎？」

那個二等兵的臉立刻紅起來。他最多只有二十歲，眉目清秀，他喜歡將自己沉躭於默想中，偶而也發出一個俊美的，類乎羞澀的微笑，但他的笑，卻如同他的眼睛一樣，有一種憂鬱和畏怯的意味。現在，他困惑地望望那幾個注視他的人，突然，他被一種深潛於心中的意念所激動，他緊緊地捏著手上的步槍，抗議道：

「不！我不是怕——大概是太緊張了！」

副班長憐惜地望著他，就彷彿一年前在昆明街頭，初次望著他的情形一樣。他還記得，那天這孩子穿著一件單薄的黑布學生制服，臉色疲倦而蒼白；只要從他走路的步伐看來，便知道他在遭遇著一個怎麼壞的厄運了。不知是一種什麼力量，使這位瘦小而易感的副班長跟隨著他，走過好幾條街道，直到他發覺而佇立下來。那時他忿怒地瞠視著跟踪的人，拒絕回答他的問話。可是，這天晚上，他終於怯怯地隨著這位副班長回到部隊的營地裡來。他在黝黑的廚房裡接受副班長的款待，而這位好心的副班長，卻憐惜地望著他；他是那麼粗暴地吞嚥著碗裡的冷飯和菜汁，而且不斷地抬起那雙羞澀的眼睛……

「這可憐的孩子！」副班長莫才在回憶中低喊著。他望著他，繼續想。「——什麼事情使他畏懼和憎惡他的右手呢？」

這是一個謎。從第一天開始——就是那天晚上在廚房裡開始，他便發現「這可憐的孩子」這種奇怪的舉動了。他笨拙而困難地用左手執著筷子，而他的右手，卻是十分健全的，沒有半點毛病。

於是他好奇地問：

「你是習慣用左手的嗎？」

「不，不是！」他吶吶地應著，馬上換過手。但，他突然沮喪地將手上的碗筷放下來，痛苦地捏著自己的右手，畏縮地顫抖著。

「你的右手……」

他垂下頭不響。

「它殘廢了？」

他沉肅地點頭，靜靜地站起來。

「走吧！」副班長用手圍著他，說：「我帶你去見連長，我的班裡還有一個缺。」

於是，他變成一個二等列兵了。副班長繼續想：他的右手並沒有殘廢，甚至連一點小小的污斑和疤痕都沒有，他為什麼一定要隱瞞這件事情呢？

「這是一個謎！」副班長唸著。現在，他放下自己的槍，過去接下他的槍。

「為什麼？」周大元驚訝地收回他的手。

「你得換一隻手，」莫才溫和地說：「你應該用你的右手去扣扳機，不然，你的左眼是瞄不準目標的！」

他低下頭，輕輕地回答：

「我已經學會用我的左手了！」

莫才注視著他，關切而深摯地低聲說：

「你是不該留下來的！」於是，他向李金福走過去。「你還是歇歇吧，今兒晚上，咱們還要提神呢！」

對於狹谷裡的槍聲突然沉寂，排長魯平侯就覺得這種反常的情勢並不是一個好的預兆。開始的時候，他顯然是被一個突如其來的意念困擾著，他微微地瞇著那雙深思熟慮的眼睛；那濃黑的眉毛微蹙著，他的臉是長長的，有一個寬大的額角，現在被頭上的鋼盔遮蓋了一半，還有一半藏在這黯淡的黃昏的暉映裡；他的下顎和他的鼻樑一樣，端方而平正；那柔軟的嘴唇，刻劃著一條剛毅而固執的條紋，抹著一種殘忍而冷酷的意味；周圍長著短短的，發青的髭鬚，使他的容貌永遠浴於一種沉肅的神態中。現在，他又望了望下面逐漸沉入黑暗的狹谷，再回轉頭，向碉堡裡的士兵掃了一眼，然後嚴肅地說道：

「這種情況，對於我們很不利呢！他們會從土岡向左面迂迴我們的山背，或者，他們會滲進松林裡，然後乘我們猝不及防的時候，從右面死角的缺口衝上來……」

方璞有點不自然地注視著說話的人，當他略一停頓的時候，他冷冷地揶揄道：

「夜晚滲進松林，沒這麼簡單吧？我敢說，這座松林是連蛇都鑽不進去的！」

「當然，假如他們不想去鑽，或者有別的路好去鑽的話，他們是永遠不會鑽進去的！」排長正色地說：「不過，以我的判斷……」

班長急急地截斷他的話，含著敵意地挑釁著說：

「就像在保山那次的判斷一樣嗎？」

排長緩緩地放下他那扶著牆壁的左手，像是在抑制著些什麼似的，他緘默著。有點吃驚地望著陰鬱的方璞，彷彿自己並沒有聽明白他所說的話。半晌，他開始用一種平靜而愧疚的聲音說：

「是的，那次是一個錯誤的判斷！」

方璞突然狂暴地叫喊起來。他的兄弟在保山那次戰役中陣亡時的景象，又在他的眼前升起來了。他可怕地睜著那雙充血而釀滿了仇恨的眼睛；他那厚而闊大的嘴唇，隨著兩頰的肌肉扭動著。他衝著排長悲憤地叫道：

「是你殺死了他！」

「我並沒有殺死他。」排長低下頭，痛惜地說：「這是一件不幸的事情……」

「不幸的事情！」班長生硬地笑笑。「——你見死不救！你眼睜睜地看著他給那些八路用刺刀戳死，你自己不敢去救，而且還阻止別人去救！」

「我是為了整個部隊的安全！」他抬起頭分辯。

「多堂皇的理由！這只能騙騙別人，可騙不了你自己！」班長厲聲問：「——你的心安嗎？是不是還要向我解釋？」

「所以這次我才要求留下來！」

「留下我這一班人已經足夠了！我們並不需要一個懦夫！知道嗎——懦夫！」說著，班長遽然提起手上的衝鋒槍對著排長，嘴上露出乖戾的笑。

其餘的三個人惶惑不安地瞠視著他們。

一種堅定的什麼凝結在排長的眉宇間，他鎮定地注視著這位充滿殺機的班長的眼睛，微慍地低聲說：

「放下你的槍！」

「你怕嗎？」方璞攙著些兒侮蔑意味笑了笑，冷漠地喊道：「你放心好啦！我不會白花我們的子彈的。不過，現在還有足夠的時間，讓你逃開這個地方——而且，在夜晚爬過後面的山脊，是相當安全的！」

「你以為，咱們留下來掩護部隊撤退，還有活命的機會嗎？」排長抑制地問。

「除了死，咱們沒有別的機會！因為我這一班人是為了死才留下來的！可是你——」

「這是很明顯的，」這位身材高大的軍官比劃著他的手，解釋道：「在戰爭中，在一個信仰的下面，生與死對於我們是一種什麼意義呢——我們為死而生，亦為生而死！我們會被炸彈撕碎，或者被破片砍死。但，我們永遠活著，猶如我們會永遠活在那些已離開了死亡的伙伴們的心上一樣！現在，我們為了我們的部隊，犧牲自己，在我們來說，我們是被殺害的嗎？是誰殺害我們呢？」他垂下手，困難地說：「——那麼，方珏……」

「咱們和他不同，」班長抗議道。瑩亮的熱淚在他的眸子裡閃爍。「咱們是自願留下來的！」

排長驀然激動起來，他厲聲叫道：

「這是命令！你明白嗎？」

班長並不回答。但他敏捷地用他的左姆指推開衝鋒槍的保險機鈕。

「方班長！」排長若無其事地望著他。「別忘了你的任務！」

「忘不了，我當然忘不了！」他回頭向碉堡的小槍洞望望，剛愎地說：「咱們就是死，也要守足二十四個鐘頭，才讓那些孫子爬過這條狹谷！」

「可是，」排長向碉堡的入口旁邊停放的五具屍體看了一眼，嗄聲道：「只剩下一半人了！」

班長暴戾地揚了揚手上的槍，順手從壁上拉下一個掛在那兒的乾糧袋，摔到排長的身上。惡聲惡氣地叫道：

「走你的吧！這袋東西足夠你吃三天的！」

排長接住乾糧袋，又望望衝鋒槍那烏黑而粗大的槍口。從黃昏那愈來愈濃的光暈中，他看見一張張呆板而冷漠的臉，顯露在黝暗的碉堡裡，但，他能確切地辨認出，副班長莫才和機槍手李金福是有點惶亂失措的，而周大元呢，簡直是在顫抖著了。他整理了一下思緒，用一種平和而誠懇的聲音問道：

「假如我走了的話，你們只剩下四個人了，」他看看腕上的錶。「——呃，現在是六點二十五分。那就是說，你們還要守十七個半鐘頭，才能完成你們的任務！」頓了頓，他緊迫而低促地向方璞伸出他的右食指，威嚴地問：「你有這個把握嗎！班長？」

方璞震顫了一下。排長接著又說：

「不然，被殺死的並不是我們，而是我們整個部隊！」

「你的意思，就是只要有你，就可以守住囉？」

「我是說，多一個人就多一分力量，」排長說：「一個人對於一萬人，那是很微小的；可是現在，我之對於這座碉堡，就是五分之一！」

方璞從他的凝視中垂下眼睛，猶豫起來。而當他看見排長將手上的乾糧袋重新掛回壁上去的時候，他忽然有點昏亂地叫起來：「不！你走！走！咱們不需要你的幫助！」

「可是，我們在撤退的部隊卻需要我的幫助啊！」魯平侯有點按捺不住地接著回答。

「………」

「放下你的槍！我命令你！」他凶猛地嚷道：「班長！」

「你應該明白，現在我可以拒絕接受你的命令！」

「這樣，你一定要接受軍法審判的！」

「審判？」班長陰鬱地笑起來。「難道咱們的鬼魂和咱們的屍體還要回去接受審判嗎？」

「至少，你的良心要接受的，」排長說：「因為你要做一個兇手，一個殺五百個伙伴的兇手！」

「走！」方璞癲狂地吼起來。

副班長他們被這位失去理智的班長的神態和聲音所驚嚇了。他們急忙退到一邊，一時不知應該怎樣去應付這個局面才好；他們只能互相交換一個毫無意義的眼色，然後怔忡不安地望著排長和班長。至於排長，顯然也感到絕望了；自從那次不幸的事情發生之後，他曾經不斷地向這位為了兄弟的死亡而悲痛欲絕的班長解釋過，可是，任憑他怎樣努力，也不能抹去那深烙在方璞心上的記憶，而且，他不能獲得他的諒解和解除他的仇視態度。而他的內心，卻被悔恨和內疚折磨著，那位陣亡的士兵的景象終日在他的腦子裡盤旋著……

「是我殺死他的嗎？」他時常這樣問著自己。但，每當他想到這個地方，有一種炎熱而強烈的東西，十分奇怪的從他的每一條血管和脈絡，每一根細微的神經，向外伸張著，膨脹著——於是，他重又振作起來。戰爭，就是一種無窮盡的犧牲、破壞、毀滅；而每一個參與戰爭的人，都是固執的（幾乎是固執的）隨著一個整體——一個國家或者一支隊伍——的利益與安全進行著；在這種進行中，個人的理想、感情、成敗、存亡等等，是完全失去其原有的意義的，因為他只不過是屬於這個整體其中的一個微少的部分而已，如同一個細胞之對於一個人一樣。

「是的，戰爭就是這樣的，」他在心裡用一種奇怪的聲音喊道：「這是我所能預料和我所能阻止的嗎？我能夠為了救援他而犧牲全排士兵嗎？反過來說，他是為了援救全排士兵而犧牲自己的，不是嗎？」

現在，他彎下腰去拿起一排子彈帶，圍在腰上，一面想著。抬起頭，他和方璞那焦灼的眼睛相遇了。他幾乎希望自己能夠望進他的靈魂裡面去，而且，還希望對方能夠了解這一瞬間所包含的全部意義。

「他為什麼想不到這一點呢？」他又向自己說：「多不幸的事情啊！他為什麼不這樣想呢！」

班長給他一支步槍和那個乾糧袋。

「你們留下吧！」排長接住槍，用手推開那個乾糧袋說：「你們會需要這些食物的。」

「你帶走吧，我們並不需要，餓著肚子死去也許會更舒服一點。」

「不！你們一定能夠完成任務的。」

「你真的這樣想？」班長含著惡意的輕笑，隨口問。

「但願如此！」排長虔誠地微笑著，勉勵地說：「而且，我相信你們會安全回到部隊裡來的。」於是他從上衣袋裡掏出一張米黃色的紙摺，交給方璞。「喏，這是一張部隊撤退的簡圖，放到你的口袋裡去吧！你們會用得著它的。——最後，我得提醒你們，小心右面的松林！」

方璞忽然莊重而認真地叫道：

「立正！敬禮！」

排長匆匆地還禮，然後提著槍，彎身走出碉堡。

就在這個時候，下面晦黯的狹谷驀然騷動起來，那緊密的機槍和那種輕便的六〇迫擊炮開始狂暴地吼叫。彈頭像驟雨似的落在碉堡的四周，發出一種可怕的，嘶嘶的，掀翻起泥土的爆裂的聲音……

二

魯平侯遽然回轉身，回到他原來所站立的位置上。當他擦過方璞的面前，這位班長並沒有攔阻他，也跟著返身走向右邊那個小槍洞前。剛才那種激動、紛擾和癲狂，現在已經完全離開他們了，就如同從未發生過任何事情一樣。現在，他們是那麼興奮地將頭緊貼在那幾個比碉堡裡略為明亮的槍洞上，低促地喘著氣，專注於下面這個暮色迷茫的狹谷……

李金福的額角和那個圓而小的鼻尖在冒著小點的汗珠，嘴上浮著一層狡猾的笑意，他那烏溜的右眼睛好奇地睜著，他瞄準表尺上的圓孔和準星，瞅著槍口噴吐的火舌，和那些跟著曳光彈落點揚起塵土的地方。他的右食指緊扣著扳機，來回地搖著機槍，發射著一次長射擊；因此，他的身體和臉頰上那兩塊膨脹的肌肉，跟著機槍的節奏跳動起來。

「他娘的！」他快活地在心裡喊道：「這次可給老子打痛快啦！唔——假如那天我有這挺傢伙，多夠勁兒呀！就算他們會飛，也攻不進村子裡來的！」

他突然咬著牙齒，叫出聲音來：

「老子要他們進來一個，就完蛋一個！」於是，他大聲笑起來。

他們驚異地回頭望望他。

「發短發吧！」排長大聲命令道：「李金福！咱們得要節省點子彈！」

「哦……」機槍手應著。他鬆開食指，他的人就如同這挺重機槍一樣，跟著鬆弛下來。頓了頓，他定下神，開始斷續地，向那幾乎不能看見什麼的狹谷發射……

而對方的火力，卻愈來愈猛烈。由於肉眼所產生的錯覺，那些機槍的曳光彈，如同一排排有規律的提燈遊行的隊伍似的，緩緩地，以一種令人不解的速度，由黑暗的狹谷向碉堡升上來，熄滅在前面和左右的小樹叢裡；或者吹著嘹亮的口哨，在碉堡的頂上飛過。那些迫擊炮彈，發出一朵朵紅光，這種閃光像魔鬼似的，在霎著眼，由碉堡的小槍洞向裡面偷窺著。那些翻飛的破片、樹枝、泥土和石塊從天空撒落下來，空氣裡充溢著彈藥的煙硝和焦灼的氣味，雜著令人嗆咳的灰塵……

當彈尾的風葉在空氣中撥動的響聲漸漸低弱下來之後，一發迫擊炮彈正落在離碉堡不遠的前面，隨著爆炸的巨響，它微微地搖撼著這座堅固而龐大的碉堡，大量的泥土被塞進槍洞裡。

碉堡裡的人抬起頭，詛咒起來。

「他娘的！」李金福用手拐抹抹臉，然後唾吐著嘴裡的砂土。「來吧！再來一下，抬高一分，就給你們打中了——雜種！」他叫著，又不由自主的向那些發光的地方掃射起來。

「李金福！」排長再次制止他。

「哦……」李金福又鬆開他的食指。但，有一種奇怪的情愫在攪動著他。半晌，他隱隱地微笑起來——這熱鬧而燦爛的元宵燈會，美妙的煙花，鞭炮的喧囂……

宛如奔騰澎湃的浪潮，他被回憶所淹沒了……

「來吧！你們來吧！」他說。彷彿正置身於兩年前早春的一個晚上：他握著一支土槍，和好些漢子伏在村子外面的小丘上。他記得燈會在驚惶中散了，槍聲在前面的莊子響著，整個村子正縮瑟在一個即將到來的厄運的沉默裡。他記得當他抓著槍向外奔跑的時候，他的妻子——在他看來，她是一個可愛的女人：誠實，慇懃，像牛一樣壯健。但，有些時候（他十分喜愛的），她卻像一頭狡黠的小狐狸——拉著他。先是不肯放他走，後來，她叮囑他好些話……現在，那些話又在他的耳邊親暱地響起來，低低而絮聒的說著；他覺得頸上有點搔癢，因為他感到他妻子溫暖的鼻息和呵氣……

他陡然燃燒起來。

「他娘的，假如那天我有這挺傢伙，嘿——」他痛苦地說。隨即用力捏著那濕澀的槍把，又心灰意懶地吁了口氣。

他繼續想：他記得——那天夜裡他們只抵抗了半個鐘頭，便被那些土八路攻進來了。他被捆縛起來，因為他的腿掛了彩。以後呢？想到這個地方，他渾身的筋骨就像第二天他醒過來的時候一樣，彷彿還在挨受著那種難忍的鞭笞似的。

「你老子忍受得住的！」他咬緊牙齒，不屈服地喊道：「使盡你們吃奶的力氣打吧！我忍受得住的！」

他這種頑強的意志使他從痛楚的回憶中甦醒過來。但，他馬上又想起自己的妻子，以及他那破敗而溫暖的家園和土地。

「現在，已經變成什麼模樣了呢？」他問自己。於是，他開始幻想著，他的「小狐狸」正在田地裡操作，土屋的場子上，堆著好些青嫩的竹枝——他會編織許多種用具，在他的村子裡，他這一種手藝是十分令人羨慕的。每次趕場，他都挑著這些竹製的物品去賣，然後換些錢，食物和花布回來。

「兩年啦！」他唸道：「她一定以為我已經死在外面了，她一定會這樣想的！」他淒苦地笑笑。「反正，都是一樣的，最多，還能夠活十五個鐘頭，如果剛才那一炮再高一點的話——我們已經就完蛋了！」

這個時候，整個山谷已經沉入黑暗裡。

戰爭在發軔，近乎盲目的，在相持著，失去時間與距離。時間的腳步，在等候中是緩慢的，一個令人心悸的，新的威脅已經降落到這個碉堡裡了。但，他們始終不敢將它說出來。他們只是茫然地站在自己的槍洞前，向黑暗的狹谷望著；他們好像覺得下面的炮火聲愈來愈近，而且還聽到（十分相像的）匍匐和物體與地面磨擦的聲音，還有輕輕的喘息和乾咳……於是，他們累張起來，再開始向那些他們認為可疑的地方射擊……

「我們得想個法，要不然，他們會爬上來！」魯平侯憂慮地在黑暗中說：「這樣瞎打，反而浪費子彈！」

大家不響，陷入惶然的默想中。

「這是很可能的！」排長又說：「我們無法發現他們，而我們，目標卻是固定的……」頓了頓，像是在思索，驀然，他熱望地喊道：「——周大元！」

「有！」二等兵顫聲應著。

「你去幫忙李金福，換下機槍彈帶上的曳光彈！你懂得嗎？你先在前面用手摸摸那些子彈頭，很容易分別出來的，因為那些子彈頭上漆有一層紅漆——然後，每四顆的後面，就是一顆曳光彈！」他繼續說：「這樣，他們就看不見彈道，找不到我們確實的位置了！」

「這樣就可以阻止他們爬上來了嗎？」方璞問。

魯平侯並不去理會他，連忙摸索到碉堡的入口。

「還有，」他回轉頭說：「在我回來之前，除非是找到了目標，大家千萬別亂放槍，讓他們自己乾吼好了！」

說著，他跨上碉堡的梯級，出了碉堡，然後彎身向右邊的交通壕走過去……

「他出去幹什麼呢？」排長走後，副班長莫才隨即問。

停了好一會，班長才用一種嘲弄的聲音喃喃道：

「誰知道他有什麼法寶！」

三

走出碉堡，魯平侯匆遽地沿著交通壕向前面走去。寒冷緊緊地包裹著他，那刁頑的西北風的小手，從他的袖口和衣領，探進他的體內。於是他微微地打了個寒噤，將腳步加快起來……

下面狹谷裡的炮火，仍然不減絲毫地向碉堡撲擊著，而這座深埋於黑暗中的碉堡，卻像一條巨大的章魚似的，靜伏在墨黑的，夜的海底，搜視著前面；兩邊的交通壕，彷彿是它的觸手，伸延著。

現在，他已經走到右邊交通壕的盡頭，再爬出去，他的身體便無所掩蔽了。但，他竟不假思索地爬了出去，而且還彎著身在那略為傾斜的坡地上向下繼續彎身走過去。他不斷的被腳底下的石塊和小樹叢絆倒，間或有些失了方向的槍彈落在他的身邊……

而他，依然毫無畏懼的在繼續走，走在他自己的思想裡——一種奇妙的感情紛擾著他，似乎他有意如此，讓這種紛擾減輕目前他對於正在進行的，這件重大事情的憂慮。於是，他極力在腦子裡搜尋著，搜尋一件有力量抵抗這個憂慮的事情。

「想家吧！」他輕輕地向自己說。不過，這記憶已經模糊了，他記得自己離開關外到內地來的時候，才是一個十二歲的孩子……

「唉，別去想這些痛苦的事情吧！」他愁苦地在心裡喊道：「我為什麼要去想這些呢，我就不能想那些沒有家的日子嗎？」

他馬上記起許許多多片斷的，不連貫的，無論是悲哀或者是歡樂，現在都使他緬懷的往事……驀然，他摔跌在地上，當他正要爬起來，一發迫擊炮彈在他的身後爆炸了。他重又伏下來，那些被翻起的泥土石塊從他的頭頂呼嘯而過。接著，第二炮，第三炮……

狹谷的火力愈加猛烈了。

他困難地扭轉頭，那孤寂的碉堡在爆炸的閃光中呈現在他的眼前。忽然，那個執拗而頑強的思想又回到他的腦子裡了。他嗄聲叫道：

「萬一他們並沒有留下這些東西，那麼……」一個突如其來的意念隨即向他襲來，他幾乎敢肯定地說：「這是絕對的。他們為什麼一定要留下這些東西呢？他們怎麼會預料得到我們需要它呢？」一想著，他絕望而痛苦地將臉埋在手彎上，一個悲慘的景象很快的便在他的眼前升起來——他看見無數灰色的蛆蟲，從左面的土岡，小道，和整個松林的邊緣，順著山麓向碉堡爬上來，漸漸近了，它們已經將碉堡包圍了，然後，他看見碉堡裡的人（如同他看見那已死去的下士方珏一樣），被刺刀圍著戳殺了……

「不！不！」他像是發著熱病似的，有點神志不清地霍然站起來，渾身浸著汗液，他近乎癲狂地自語道：「他們會留下來的！為了我們，他們會的——多愚蠢的念頭呀，這許多東西都留下來，帶不走！唉，這就是撤退，撤退差不多都是這樣的……我知道，而且——今兒早上，我不是眼看著他們將那些不必要的配備留下來的嗎？我是昏了……」他摸摸自己發燙的額頭。「啊！在這個時候，是不能生病的呀——病死和戰死的區別是多麼不同，而且……」

他昏惑地望望下面的狹谷，這才逐漸清醒過來。

「我得趕快去找，要不然，只要十分鐘，他們就可以爬上來了！」於是他蹣跚地向距離現在所站立的地方約莫四百公尺左右的一塊平坡走去……

當他們的部隊（一個營）在昨天完成了掩護全師撤退的任務之後，追擊他們的叛軍——盧漢的叛變部隊，已經和他們在這個距離緬甸邊境只有百餘里的狹谷遭遇了。雖然這些叛軍只是一支力量薄弱的搜索部隊，可是，為了保存實力，他們只守了一天，在這天的早上，便開始撤退了。至於撤退這個名詞，對於軍隊，多少總是含有點恥辱意味的，尤其是對於他們這一支光榮的隊伍——在抗戰和戡亂的初期，這個部隊的番號，就是一個勝利的代名詞。但，自從中原變色，政府退守西南半壁以後，他們也隨之消沉下來。而戰爭的情況，卻日益嚴重，軍隊在潰散，在敗退；及至政府遷離大陸，西南僅存的幾個省份，只不過是一種象徵而已。這個時候，他們在雲南，以一種沉痛而悲憤的心情，在等待這個厄運的來臨。而厄運終於來了，這可怕的風暴就如同在北平，在湖南，在四川所發生過的一樣。曾經在危急的關頭向政府宣誓效忠的盧漢叛變了，一夜之間，叛軍劫持了所有的縣城；於是，他們的部隊——和其他的幾支不肯屈膝的忠貞隊伍一樣，不得不在重重的圍困中衝殺出來，向滇緬和滇越邊境撤退。而這種撤退的悲壯的進行，正如歷史的腳步，隨著他們以生命的光輝引導著前進一樣，賦有一種比勝利更光榮和神聖的意義。

現在，他們——這支神聖的隊伍已經跨過這個死亡的狹谷，以及這座山後的一條寬闊而急激的河流，向國境邊緣的叢莽突進了。

就這樣，方璞這一班人被留在這座碉堡裡，死守這個狹谷，讓他們的部隊能夠有足夠的時間安全地渡過那條湍急的瑞麗江。

由於渡江的工具缺乏，撤退的部隊不得不將那些笨重和並不重要的配備遺留下來。現在，排長魯平侯已經走到這個今天部隊結集的平坡上了，他的腳碰到好些遺在地上的雜物，他十分清楚地借著炮火的微光摸索到幾棵高大的柏樹下面，小心而又慌忙地向堆在那兒的木箱和零散物件中翻尋著……

「他們會留下來的，這東西對他們有什麼重要呢！」他低促地喃喃起來。「——該死！今天我趕到碉堡去的時候，我曾經細想過的，連炸藥和乾糧我都替他們帶上去了，我為什麼會將這種必需的東西忘掉呢？」

這是實在的，當隊伍開始向山脊撤退的時候，他延宕著，挾著一種莫名的激動。等到快要撤完時，他才熱望而堅決地向部隊長要求留下來。

「為什麼一定要留下來呢？」面色沉重的營長不解地問：「我們已經留下一班人了，而且，那座碉堡是很堅固的——你應該了解，我們不能再隨便犧牲一個人，尤其是一個帶兵官！」

「是的，營長！」他解釋道：「但是這座碉堡卻關係著全營人的安全呢！」

「你不信任他們？」

「不！他們都是最優秀的士兵，」他說：「不過，以一班人抵抗數十倍於他們的兵力，是很危險的！這座碉堡雖然很堅固，可是叛軍如果有一門野戰炮的話——這是很難預料的，也許在今天晚上他們的主力部隊就要趕到了！」

「那麼，你的意思就是再增加一些人？」

「只要留下我就夠了！」

營長微笑起來。他說：

「你這樣相信自己嗎？」

「是的，營長。我知道應該怎麼樣才能守到最後一秒鐘的！」

「很好！」營長深摯地說道：「但你還需要考慮，當這個任務達成之後，生還的機會是很微小的呢！」

「是的！」他應著。

頓了頓，營長詫異地又問：

「什麼事情讓你下這個決心的？」

「因為他們是我排裡的士兵！」他回答。

「好吧！你還需要點什麼嗎？」

「碉堡裡已經有足夠的了。」

「來！」營長笑著向他伸出手。「祝你們幸運，我們等待著你們回來！」

「我們會回來的。」

「哦，我得給你一張撤退路線的簡圖，不然，你們會找不到我們的！」

等到部隊走完之後，他才揹起一袋乾糧和十幾個黃色炸藥，爬到碉堡上去。這個時候，他才將心裡的話說了出來。他自語著說：

「我要向方璞解釋，這是一個很難得的機會呢！」

…………

現在，魯平侯一面在焦急地搜尋著他所要搜尋的東西，一面向山麓和狹谷注視著；他多慮地傾聽著槍炮聲，緊密和鬆散都會令他心悸，令他發狂。可是，他有點感到絕望了，他重新翻尋一次，仍然毫無所獲。

他昏亂地站起來，霎時間失去了一切意識和力量，他搖擺了幾步，猝然倒伏在旁邊不遠的小樹下面。好一會，他才恢復過來。紊雜的思想像無數細小的毒蛇似的在他的腦子裡鑽動著，嚙咬著他。他痛苦地呻吟著，磨著牙齒，那張開的手指用力抓著地上的泥土和草莖……

「完啦！完啦！」他顫聲叫著，近乎癲瘸地在滾動著身體。「都完啦！再過五分鐘……」

突然，他的手觸摸到幾個管狀的金屬物體，它們是冰冷的，外殼上沾著濕澀的露水。他慌忙地捏在微顫的手上，用手指去辨識這些東西。他撫摸著它的輪廓，頭上捲進去的圓口，和它的尾部凸出的邊……

「啊……」他發狂地跪伏在地上，向周圍摸索著，他拾起好些零散的，和最先所發現的相同的東西。最後，他找到一個比乾糧袋大一點的厚帆布布袋，上面有一根讓人佩掛的帶子。他幾乎是急不及待的探手到布袋裡去；但，他隨即又將手縮回來，他竟然害怕去探取這個唯一能拯救他們的東西了。他想：萬一袋子裡沒有呢？

「不會的，不會的，」他緊握著手上的管狀物體，安慰著自己說：「——他們已經將它們留下來了！這個袋子，就是裝這些東西的，我十分清楚，因為我曾經用過，我對它是很熟悉的——它插在裡面的布環上……」

果然，他已經摸到那支樣子蠢笨的，發射信號彈和照明彈的大口徑手槍了。

他被喜悅震顫著，假如他不馬上抑制的話，便會暈厥過去。他手忙腳亂地將它拿出來，打開它的彈膛，將一支管子塞進去。接著，他將那些撿拾起來的管子放進袋子裡，然後返身向來的那個方向奔跑上去……

他顛躓地走著，他聽到自己的心臟在激烈地搏動。炮火的聲音，現在他聽來，彷彿是異常低弱似的。走到剛才他摔跌的地方，他被一個奇怪的思想襲擊了，他打了個寒噤，他的神志又開模糊起來，像是浴在一陣豪雨中。那匍匐和物體與地面磨擦的聲音，那喘息和乾咳的聲音，又在他的耳邊響起來了，響起來了……

「來不及了！」他夢囈地說：「他們已經爬上來了！」

說著，他停下腳步，然後他將手上的信號槍舉起來，向天空發射……

一顆耀眼的火球隨即在天空中燃燒起來。將整個山谷照耀得如同白晝一樣——

「噢！」他困惑而低促地向自己說：「這是我的幻覺嗎？這是真的嗎？」

一排緊密的機槍向他發射，他連忙倒臥在矮叢邊。在那些稀疏的枝葉間，他看見數以百計的，灰色的蛆蟲，散佈在狹谷和山麓上，正向著碉堡爬上來……

四

「他到那兒去了呢？」莫才憂慮地又問。

可是，誰也沒有回答他的話。他們只是默默地守著自己的崗位，陷在沉鬱而冷漠的意態中。自從排長走出碉堡以後，他們便在心裡推究著這個問題。他們依照他的吩咐，不再輕易發射他們的子彈，不過，他們並不對他存有任何希望。因為這種情勢是很明顯的，他一個人又有什麼力量去制止這不幸的發生呢？一切都是無望的，除非這個黑夜立刻過去。但，已經過了好些時候了，他還沒有回來。他會發生什麼意外嗎？他們想。但，這些都是無法解釋的——除了死亡，戰爭否定一切。任何一個最好的假定，對於目前的事實都沒有幫助，只不過加重他們精神上的負荷而已。

當狹谷裡的迫擊炮停止發射的時候，方璞忽然凜然地說：

「準備上刺刀！」

大家都不響，他繼續又說：

「到了那個時候，我們只好放棄碉堡，衝出去——這附近的地形，我們雖然不很熟悉，但是在黑暗中，他們也分不出誰是敵人，誰是自己人的！」

副班長突然捉住周大元的手。

「你怕嗎？」他關切地輕聲問。

周大元顫慄著。

「怕是沒有用的，」莫才繼續說：「懂嗎？——還有，你要用你的右手，肉搏的時候，單憑左手是不中用的！」

「那麼，」李金福咕嚕道：「我們這挺重機槍……」

「我們將它抬到右邊的交通壕去，」方璞機智而低促地說：「我們很快的就可以建立一個新的機槍陣地，等到那些鬼傢伙瞎摸摸到碉堡的時候，我們就在邊上幹掉他們！——反正碉堡是空的，誰爬上來誰就倒霉。」

「那麼我們就動手吧！」

驀然，一種強烈的閃光從那些小槍洞裡照射進來，粘貼在後面的壁腳上……

「啊！」他們同聲驚叫，及至站著的人擁到槍洞口去的時候，李金福的機槍已經瘋狂地向外面發射起來。

「伙計們，快動手呀！」機槍手咬著牙齒！那雙小眼睛像爆炸出來似的閃著紅光，他忽斷忽續地叫道：「快呀——來吧，你奶奶的！跑……好危險，再過來五十公尺，娘的，咱們就算完啦！啊，跑，跑吧……」

其餘的三個人迅即在兩旁的槍洞口，向山麓上那些在驚惶中奔逃、滾跌、蠕爬的蛆蟲射擊著……

整個山谷在炮火中沸騰起來……

從碉堡到下面的小道之間，山麓是平坦而下瀉的，只雜亂地生長著一些矮矮的小樹叢，雖然右邊的地勢比較複雜——有好些石堆和凹下去的已經乾涸了山溝；但，整個來說，幾乎是沒有一處能將身體掩蔽的。他們這樣爬上來，顯然是一個令人驚異的危險行動。不過，他們也曾經慎密地計劃過的：從戰爭的開始，他們便了解山麓上的那座碉堡對於這個狹谷的威脅。因為在地理環境上說，它是最利於據守的，它像是伸著無數隻無形而有力的觸手似的，緊扼著狹谷的咽喉，以及每一個它所能看見的地方。如果繞過左面的土岡，再從山上迂迴它的背後，顯然並不是一件容易的事，而那座松林，卻由於太茂密，滲進去是十分困難的——除非有足夠的人力在那些荊棘中砍出一條路。而他們——這一批叛軍，只有兩連人；如果由正面攻上去的話，簡直是一件愚蠢的事。要想摧毀這座堅固的碉堡，也並不是他們這兩門六〇迫擊炮所能勝任的，在他們的主力部隊到來之前，他們似乎是無望的了。傍晚的時候，他們曾經準備滲進松林，然後再從碉堡火網的右死角下突出來，然後在它的側背襲擊它——在戰略上說，這是比較穩實的。可是，在天黑下來之後，他們發覺這座碉堡缺少在夜間防守必備的照明工具。於是，他們變了主意，一面以炮火吸引和分散對方的注意力，一面向山麓爬上來。因為，在這個黑夜裡，碉堡雖然堅固，也只不過是一個盲目的巨人而已。

現在，天空上的火球熠耀著，冒著一絲絲白煙，緩緩地下降……

雖然那些蛆蟲已爬近碉堡，而情勢終於在一瞬間整個轉變過來了。在碉堡內發出的猛烈的火力下，他們驚惶失措地潰退，他們狼狽地向後奔逃，那如帶的機槍子彈貫穿他們的身體，他們猝倒，痛苦地翻滾著，慘叫著，哀號著……

狹谷裡的迫擊炮又開始吼叫了。

在第一發照明彈將要落下谷底的時候，第二個火球又在天空上升起來。

「這準是排長發的！」李金福興奮地搖著機槍，熱切地喊道：「——一定是他！」

「是的！」方璞攙著些兒愧疚應著。他正在對付幾個企圖向碉堡冒死衝上來的蛆蟲。走在當中的那個瘦子正準備將手上的手榴彈扔過來，但，終於痙攣著倒下了，轉瞬間，他們在一陣泥土的飛揚中，倒在血泊裡。手榴彈爆炸的彈片打在碉堡的外壁上，發出一種沉悶的響聲。他透了一口氣，一邊向另外的幾個蛆蟲射擊。

「是的，是他發射的，除了他還有誰呢！」他一邊在想，一邊在心裡詛咒起來：「我是多麼愚昧呀，我剛才為什麼會發生這種醜惡卑鄙的思想呢？他果真如我所想的那麼自私和怯懦嗎？」他搖著他的頭。「不！不會的！他不是出乎意料之外的在部隊撤退之後獨自到碉堡裡來的嗎？如果他是自私或者懦怯的話，他不會留下來的！而且，沒有人能夠強迫他……那麼，我為什麼會有這種惡念呢——我的心是多麼偏狹啊！」

忽然，他想起那已死的兄弟。他懊喪而痛苦地喊著，臉上帶著悲愁的神情。

「但對於這件事情，我不會饒恕他的！」

迫擊炮彈落在碉堡的四周，碉堡頂上的鋼架和水泥壁的夾縫間，有好些細小的沙石和塵土墜下來……

「周大元，」副班長鼓勵地向身旁的二等兵說：「——打吧！喏，那個爬起來的……啊！偏右了！再來吧，他逃不了的。」看見他那種畏怯而笨拙的姿勢，他惱怒地叫嚷起來：「——你為什麼一定不肯用你的右手呢？快換過來，換過來！你懂嗎？這是一個鍛鍊你自己的好機會！這樣好的運氣，也許在你的一生中只有這麼一次呢！」

然而周大元仍然固執地用他的左手，聚精會神地瞄準他的目標，然後發射……

那條灰色的蛆蟲應聲倒了下來，搐動了幾下，便僵著不動了。

周大元定定地望著那個人，一種奇異的光澤在他那雙呆滯的眼眸中閃爍著。他屏著呼吸，微微地張著嘴。驀然，一陣強烈的痙攣扭曲了他的臉，他的眼睛隨即灰黯下來，他像是受著驚嚇似的畏縮著。他用手蒙著自己的臉，將頭靠跌在牆壁上，喉管裡發出一種類乎呻吟的怪聲。

「呀……」他含糊不清地喃喃道：「我……我為什麼要殺他呢？我殺了他！是我殺了他！」

莫才過去用力搖著他的身體。

「你怎麼啦？」他急急地問。

「——我殺了他！」周大元疲弱地擦著牆壁頹然坐下來，口中仍沙啞地唸著：「是我殺了他！」

副班長放開他，再回到自己的崗位上，繼續向山麓下僅存的幾個敵人射擊著。但，他不時回轉頭望望那埋在黑暗中的周大元。

「這可憐的孩子，」他在心裡重複道：「他患著嚴重的戰爭恐懼病呢！」於是，那個像影子似地追逐著他的思想，又緊緊地將他捉住了。「——他的右手！是的，他的右手在作祟，他恐懼的不是戰爭，有時候，他是非常機智而勇敢的。我曾經試驗過，我很了解他！他是在怕自己的右手……」

李金福的笑聲粗野的闖進他的思想裡來……

「功德圓滿啦！」機槍手快活地叫道：「如果排長再發一發照明彈，我倒要數數準確的數目！」

「最少，也有八十個！」方璞插嘴說。

「再來一次吧，我真希望他們像剛才那樣，再來一次——讓我再來打個痛快！」

「我看不會了，剛才最低限度也去掉他們一半人！他們還有膽量再摸上來嗎！」方璞接著說，但沒有回轉頭，他望著山麓下的那些屍體。「除非他們的主力部隊趕到，或者咱們的照明彈用完！」

「真的，如果咱們沒有，呃——如果排長沒發出照明彈，」莫才加入他們的談話，說：「而且，如果再慢半分鐘的話，咱們早就完蛋大吉了！」

「頂多只有三十碼！」李金福比劃著他的手，故作其狀地歪歪頭，喋喋地說道：「最前面的那幾個傢伙的相貌，我看得清清楚楚，我敢發誓其中的一個還包著一嘴金牙，我向他們掃過去，他抱著肚子，咧開嘴，像笑一樣；其他的倒的倒，退的退，還有幾個不怕死的——或者那時已經沒了主意，竟然向槍口衝過來，才一個短發，噠噠噠！就全都躺下了！」

現在，炮聲已經靜止了，只有一些零散的槍聲在響著。照明彈冒著白煙，火光在顫抖著，然後熄滅在松林上。

山谷又被貪婪的黑暗所張著的大嘴吞噬了……

沉默像膠似的在碉堡中向四周流瀉開來，粘住了他們的思想。他們幾乎都想說：「照明彈已經用完了嗎？」可是，誰也沒有說出口來。

狹谷裡漸漸沉寂了……

李金福忽然抑制不住地說：

「排長應該回來啦！」

沒有人回答。

「你們看，他會發生什麼意外嗎？」機槍手又說。

方璞猛然回轉身。

「讓我出去找找看！」他嚴肅地說。

「別出去！」莫才制止道：「你知道他在哪兒呢？而且，在黑暗裡面，這是很危險的！如果他真的發生了什麼意外，你一個人，又有什麼用？再等一會兒吧！如果沒有什麼事情，他總會回來的。」

「好吧——我希望他能夠回來！」

相隔了一些時候，碉堡外面發出一種輕微的喘息和蠕爬的聲音，彷彿就在右邊交通壕的附近……

「你們聽……」班長警覺地低喊道：「外面有聲音！在爬……」

「會是排長嗎？」機槍手輕聲問。

「我想是的，除了他還有誰呢？」

蠕爬的聲音愈來愈近……

「他也許受傷了！」李金福忍不住向槍洞外面叫起來：「——排長！排長！」

聲音靜止了，突然，有人踉蹌地奔向碉堡，隨即有一個沉重的金屬體由槍洞外面被擲進碉堡裡來，在地上滾動著……

副班長驚駭而急促地大聲嚷起來：

「手榴彈！」

五

碉堡裡隨即近乎癲狂地騷動起來了，他們本能地向那些牆壁的角落跌撲著，無意識的忙亂，掙扎，痙攣……

於是，完全靜止，像死亡沉浸在裡面一樣。

他們的腦子裡是空無一物的，一切驚惶、絕望和畏怯在一瞬間便離開他們了；他們在等候著，時間已經變成一個可笑的觀念了，它迂緩而又急促的用一種滑稽的形態，在他們的面前走過——其實，這只不過是他們的幻覺而已，當那個橢圓形的金屬體的滾動在後面碉堡的入口附近停止不動之後，那一直頹然跌坐在壁腳的周大元卻驟然醒覺過來。由於一種強烈的衝動，他隨即不假思索地向那發出響聲的地方撲過去，他忙亂地摸索著，他的手碰到好些彈殼，布帶和泥塊——他終於摸著那個冰冷的東西了，他將它捉住，然後順手用最敏捷的動作，將它扔到那個比較闊大的，重機槍的槍洞外面去……

爆炸的巨響像霹靂一樣就在槍洞口吼起來，在那令人目眩的閃光中，那些細碎的破片重重地打在槍洞的壁和頂端的鋼架上，碉堡裡被灌進濃烈的煙硝……

於是，又是一次死的沉默。連周大元在內，他們被剛才這可怕的，間不容髮的驚險景象駭昏了。他們愣在那兒，失去知覺。很久很久，才沉重而深長地鬆出一口氣。

碉堡外的腳步聲又響起來了……

「注意！」方璞在黑暗中用一種迸裂的聲音警告道。

他們急忙爬起來，側身貼在牆壁上，斜睨著黑暗的小槍洞，像是在偷窺外面那個神秘的襲擊者似的。

令他們心悸和困惑的事情又來了。十分清楚地，他們聽到外面另一個人的腳步聲，由遠而近，然後發出一種沉重的東西跌倒在地上的聲音，在糾纏，在撲動……

又是一顆手榴彈投擲過來，沒有投中槍洞，它沿著外面的沙袋滾跌到斜坡的下面，爆炸了。李金福突然向外面掃射起來……

方璞用力推開他，厲聲斥責道：

「你瘋了！」

「我要嚇唬嚇唬他們！」李金福停下來，不滿地沉下聲音申辯道：「讓他們不敢看準了丟，就像咱們小的時候，用銅板丟泥洞那樣——得心應手，丟一個進一個！」

「可是槍口的火光，就給他們一個目標呢！」

外面那種混雜的聲音仍然繼續著，他們——有兩個人以上——在踢著地下的泥土，扭扯著，像是負重似的急迫地喘氣，呻吟……

「啊呀！」驀然，其中的一個顫著嘶啞的聲音慘叫著，喉管裡發出奇怪的噓氣，漸漸低弱，終於完全靜寂。

停了停，有人跳下交通壕，拖著滯重的腳步向碉堡走過來……方璞機警地衝到入口的旁邊，手上托著衝鋒槍。

「哪一個？」他喝問。

那個人已經走近入口了。

「是……我！」他乏力地說。當他的左腳正想跨下梯級，忽然軟弱地滾倒下來。是排長！他們隨即向他圍過來，將他抬到碉堡的中央，讓他的頭枕在停放在一邊的屍體的身上，然後用力搓揉著他的手掌和臉頰……

「排長！排長！」莫才叫道。

魯平侯悠長地吁了一口氣，甦醒過來。

「這，這是那見？」他自語地說。

「這是碉堡——您已經回來了！」

「怎麼回來的？」

「您不是自己走回來的嗎？」

「哦！是的，我是自己走回來的。」

副班長無意間在他的身上摸到一些濕澀的東西，於是急急地喊道：

「您受傷了——身上有血！」

「不！這不是我的血！」他笑出聲音來。「我太累了，給我點水喝吧！」

莫才將放在壁腳的水壺拿過來，扶著他。他貪婪地喝了幾口，又停下來喘氣，說：

「不要緊，我只要休息一下就會好的。」他又喝了一口，推開水壺。「夠了，留下一點吧，口渴比死都來得難過呢！剛才，我的喉嚨差不多要裂開了，連舌頭都發麻了……」他挺了挺身體說：

「噢！拿開壓在我身體下面的帆布袋，當心點，裡面還有三發照明彈——這完全是老天爺的意思！讓我找到了！」

「真的！」李金福將那個布袋拉出來，接著說：「如果剛才沒有它，不知怎麼樣了呢！」

「可不是，它一亮，我們才發現坡上到處都是人……」

排長馬上截住莫才的話，他精神煥發的說：

「真夠味，我做夢也沒想到會打這樣的仗！可是，如果我在路上不胡思亂想的話，也許要帶回碉堡才發呢——幸虧我沒有那樣做！」

「您發得正是時候，三十公尺——最結實的射程！」李金福說：「不過剛才丟手榴彈的那個傢伙……」

「哦！」排長用手將身體支撐起來。「我忘了告訴你們！」他乾咳著，繼續說下去：「——照明彈亮了之後，我才發覺自己站的地方太危險，沒有掩蔽，又不能跑，於是只好倒在地上裝死，歪著眼睛看你們打；等到第二發熄的時候，已經差不多了，我不敢再發——只剩下三發了，這個晚上還長著吶！這個時候，我才借著這個機會跑回來，那曉得剛跑近碉堡，就碰到那個傢伙……」

「對了，我們聽到聲音的！」

「他正要丟第二個手榴彈，我跳過去抱住他，那傢伙像條牛似的結實，我們又翻又滾地扭了半天；他急了，丟了手上的手榴彈，便回過手來掐我。這時候，機槍突然響起來，他一愣，我就趁勢在他的肚子上戳了一刀——哦，我忘了說，在他掐我的時候，我已經將短刀摸出來了——他叫著，但是仍然掐著我的脖子，直到我用力在他的肚子裡轉動手上的刀子，他才鬆下來……」

「太巧了！」莫才喊道。

「這完全是老天爺的意思！」排長又重複地說：「完全是的，誰也安排不來的！」他突然問：

「那麼給他丟了進來的第一個手榴彈……」

「…………」他們互相望望，不響。

「是誰把它再扔出去的？」

「不是你嗎？」方璞碰碰莫才的手拐，問道：「我還以為是你呢！」

「不！不是！」莫才吶吶地回答。

「李金福呢？」

「我……我只曉得保護機槍，用身體遮住它，」機槍手老老實實地說：「別的我什麼都忘了！真的，我只覺得有點糊塗，什麼都沒想到！」

「哦！」他們低喊著，同時回轉頭。

「周大元！」排長熱切地喊道。

「有！」二等兵在黑暗的壁腳應著。

「——是你？」

「是的，排長！」他用一種十分清醒而平靜的聲音回答。

六

周大元陷入一種冷漠而空虛的意識裡：渾沌、迷惘，偶爾也會被一些細微的事物所觸動，但，隨即又消逝了。他渴望著能獲得一些能使他恢復過來的思想，而又害怕這些思想會攪擾他這一份靜謐——這種無思維與音色的靜謐，彷彿是沉浸在一種適度的酩酊狀態中。

當他將那個手榴彈扔出碉堡之後，他像是觸電似的，驟然感到一種奇異的疲乏流遍他的全身，他似乎已經溶化在他自己的軀殼裡面。於是他沉重而遲滯地靠著壁腳在地上坐下來，他眼前的事物，霎時間全失去了意義，無論他們之對於他，或他之對於他們都是毫不相關的，他再不能了解黑暗，槍聲，爆炸的閃光和其他等等。而且並不需要去了解。他只是坐著，連呼吸都是微弱的，他睜著眼睛，一動也不動。如同他並不是他，而是這座碉堡裡面如他的形狀一樣的凸出來的一部分。

很久很久，他那和牆壁一樣冰冷的手在地上蠕動起來，接著，他的頭也開始動了。他無意識地仰起它，望望這座碉堡的頂——在這深沉的黑暗中，他看見（這是真確的）那些縱橫的鋼骨，和那些開始腐朽的粗木條——現在，開始有一些思想在他那空洞的腦子裡飄過來了，他對鋼骨和粗木條發生了聯想……

無數東西被捲進他這聯想的漩渦裡來……

「這是個多麼奇怪的念頭呀！」他心裡說：「我為什麼要去想這些東西呢？我得離開它們！」他固執地補充道：「離開它們！離開這種紛擾——因為我並未獲得寧靜呢？唉！從外表觀察一個人是很可笑的，不！是很愚蠢的！一個醜陋的人也許會有一個最美的靈魂，而我，我的沉默正是掩蓋我內心的激盪——無休止的激盪！」

他的右手痙攣起來，手指伸張著，然後緊緊地像是想要插進地下似的，抓開地下的泥土，緊捏著，重重地捶打著……

「啊！天啊！給我寧靜吧！」他突然垂下頭，喊道：「在死亡之前——我想，最多還有十三個鐘頭——給我寧靜吧！您不是接受懺悔的嗎？您不饒恕我嗎？您要我怎樣救贖我的罪呢！」他停下來在等候回答。又過了些時候，他又不耐地嚷起來：「隨您的便吧，總之，我所能做的，我全做了！我是十分了解自己的——誰說不是？是它！是的，是它擾亂我的寧靜，聽我說吧，從那一天開始，我便蓄意的折磨和苦惱它了！」

他抬起他的右手，張開，讓那些泥土的碎屑從他的手掌和指縫中落下來。他輕蔑而憎恨地望著它，嘲弄地說：

「我已經把它當成廢物了！十足的廢物！」

「不會的！它永遠在你的身體上！」忽然，他自己的聲音在他的耳邊響起來：「這罪惡就像它一樣，永遠不會離開你的，你能夠逃避嗎？」

他猛然發覺自己的嘴在笑。

「啊！」他在心裡喊道：「——那是我的聲音，我的笑……」他又望望自己的手。「是的，它是永遠不會離開我的，這醜惡的魔鬼！我是永遠得不到寧靜的，它擾亂我，它不肯放鬆我……」

驟然，他疲乏得連頭都抬不起來了。他昏惑了一陣，一種強烈的什麼在他的心中升起來，他幾乎是欣幸地喃喃道：

「我為什麼不去拋棄它呢？」又想了想，他堅決地向自己說：「——我要驅逐它，將它割掉！這樣，它就會像那些嚙咬我的記憶一樣，永遠離開我了。好吧！那麼就快點動手吧！我要向上帝嘲笑，因為這寧靜是我自己尋覓來的。唉……我剛才為什麼這樣愚昧呢？我為什麼要向這虛無的上帝乞求這種自欺欺人的保證呢？懺悔和饒恕除了對於自己，對別人又是一種什麼意義呢？——對呀，自己就是主宰，一個不相信自己的人，還談什麼其他的信仰！好吧，動手吧！我要帶著寧靜到死亡的第二生活裡去！」

於是，周大元充滿自信地抬起頭來，向碉堡的四周望望——這只是一種動作，他是不能從這黑暗中看見什麼的——他要找尋一點東西（他並不知道是什麼）來幫助他解決這個問題；最後，他的眼睛落在那比碉堡裡略為明亮的槍洞和狹長的入口上，那兩級梯階旁邊，就是那已死去的五位同伴的屍體。他定定地望著他們。他們是在這天的下午，在這幾個小槍洞前面被流彈和破片打死的，都是傷在頭部。其中只有躺在外邊的上等兵何宗寶例外，子彈正好貫穿他的咽喉；他倒下來之後，痛苦地用手去抓那被窒息的胸膛，衣服全撕碎了，胸口奇怪地搐動著，喉管的傷口湧著血和氣泡，在嘶嘶地發出響聲。所以他死後，他的臉部還保持著那種可怖的神情。靠著他的二等兵王德方是一個謹慎的人：對於錢財的使用，他幾乎是十分吝嗇的，對一分錢的價值，他要比一個最不幸的乞丐所估量的還高；而必要的花費，對他是沒有作用的。他的衣袋裡，時常放著一隻裝化妝品的小鐵盒，裡面放著一撮碎鹽。以他的解釋，用牙膏刷牙是一種浪費；他的牙齒，就極力支持這個理論，因為它們是異常潔白的，當他微笑的時候，它們便很整齊的露出來——現在，假如他明白，或者能夠看見的話，他一定很痛心的。他的嘴猙獰地裂著，門牙全碎掉了，嘴唇浮腫，沾著烏黑的血漬。其餘的三個都是一等兵，躺在中間的程俊有一副美好的容顏——死者的容顏。看起來是很平靜的，幾乎還含著一層淡淡的笑，彷彿死後還刻意保持著他生前的樂觀和幽默的傳統，鋼盔蓋著他的頭，就像那些大爺們在太陽底下午睡時的那種姿態。裡面，劉延武和梁超兩個，朝一個相反的方向躺著，他們是同時陣亡的，炮彈的破片將他們的臉搗爛了，上身全浸在血漬裡。前者是一個禿頭，王德方羨慕他的地方，就是這點——可以省理髮錢。在士兵當中，他可以列在最壞的那一類：愛嫖窯子，會打一手假牌，懶得像一條蛀木蟲一樣；不過，他總是很有辦法地應付上司和公事的；後者是一個老實的山西人，「說不來中國話」——因為他說起話來，連自認為在山西長大的連附也聽不懂，他就為了聽不懂他的話，而大大地光過一次火……

現在，他們只不過是一堆僵冷的物體而已。

一個奇怪的念頭飄落在周大元的心上，他望著那些屍體，想道：

「他們就這樣離開我了嗎？是不是他們自己決定的呢——如同我決定讓我的右手離開我一樣？」頓了頓，他繼續想：「那麼，他們到哪兒去了呢？寧靜就是死亡嗎？假如不是，那麼生命的歸宿又到哪兒去找尋呢？」他顫抖地收回他的右手。

「這樣說，我所渴求的寧靜竟是死亡了！」他執拗地抗議。他看著右手。「不！我不能做這種愚蠢的事，我還年輕哩！我的生命是富足的，我要去找尋那些從未獲得過的歡樂，難道我不應去找尋它嗎？……」

「孩子！太遲了！」

「這是我自己的聲音！」他不悅地說。

「已經太遲了，在這十三個鐘頭之內，每秒鐘都給你斟滿了歡樂又怎麼樣呢？人生是短暫的，但它的裡面卻包含著無數痛苦和歡樂；你所找尋的，只不過是生命中的一點微小的塵埃而已——惟有死亡的寧靜，才能給你永恆！」

他突然厭惡地搖搖他的頭，向自己叫道：

「滾開吧！我不會聽這些話的，我清醒得很呢！你以為我還在昏迷中嗎？是的，十三個鐘頭的歡樂是很短暫的，可是忍受十三個鐘頭的痛苦的話，又是多麼漫長啊！既然死亡便可以獲得寧靜，我為什麼不在這個時候找尋歡樂呢？說實在話，我有好些時候不這樣對待自己了。我暫時將所有的事情忘掉吧！我要重頭細想一遍，這一定是很有趣的；人們——我想是這樣的，都去想那些美好的，像那些女孩子一樣，用線去串那些雜色的珠子，她們大多只挑選她們所愛好的那種色彩，她會認為只要雜著一顆別種顏色的，就會破壞了這串珠子的美麗與和諧。但，現在我不能這樣，我這一串是雜色的——人生並不是單純的啊！我要從我開始有記憶的時候想：哦……太模糊了，從六歲開始吧，啊！還是不成，這都是些無色的珠子！」

接著，他非常安靜地想下去……

這個時候，排長熱切地喊他的名字了。

他們向他走過去，圍住他，拍著他的肩膀，說了好些慰勉他的話。

「是的，是的。」他只是這樣漠然地應著，他並不了解他們這些舉動和這些話的意義。但，他又覺得自己是十分清醒的。

排長除了骨節上還有些兒痠痛，已經完全恢復過來了。他解釋著說：

「作戰和人生一樣的，最重要的就是要把握住時機，因為不幸和機運是一剎那間的事，一觸即發，轉眼即逝，過去之後便永遠追不回來了！」

他正要繼續說下去，狹谷裡的槍炮聲又吼起來……

他們急忙爬起來，回到自己的位置上。

「他們會再爬上來嗎？」李金福喃喃自語道。

「也許會的！」方璞沉鬱地說。自從排長回到碉堡裡來之後，他說不出心中浮動的是一種怎樣奇妙的情愫。他幾乎是有點欽慕地望著這位與他有「殺弟之仇」的排長，他很想接著他的話，問一些他想知道的事情，不過，有一種固執而頑強的力量在阻擾著，使他又回復了原來的意態。因為——這是絕對不能饒恕的。他在心裡重複地唸著，又輕蔑而含著敵意地瞪視起他來。現在，他再補充一句：

「這是很可能的！」

「那麼……」機槍手回轉頭去望望排長，像是在試探對方意見。說：「咱們的照明彈……」

「在必要的時候，咱們才能發，」排長接著說：「到天亮，最少還有七個鐘頭——讓他們爬上來，咱們別去理他們，只要讓一個人守著就夠了，其他的人，還可以輪流的休息，等到聽見了聲音，再像剛才那樣，一個也不給他們逃掉！」

「那麼你們休息吧，」李金福提議道：「讓我來先守。」

方璞關切地說：

「還是讓我先來吧，你一直沒有離開過這挺傢伙呢！」

「這算什麼！」機槍手快活地笑起來，他回轉身去，望了望門邊的屍體，神氣活現地說：「喏！『燈泡』（劉延武的綽號）知道的，我在廚房裡推過三個通宵的牌九，白天還不是照樣三操兩講堂；而且不管是輸是贏，我的眼睛是從來不紅的！」

「好啦！別唸你的賭經啦！」排長打趣地接著說：「以後你們賭的時候可得當心點，如果給我抓到了，沒別的，給你們一個人來五十軍棍——屁股開花！」

他們從心裡笑出聲音來。

「以後？」他們想：「以後是一件很可笑的事情呢！」

七

狹谷裡的槍聲，始終沒有停止過，但，並不十分猛烈，只是零零散散地響著，偶爾又像一頭被困在陷阱裡的野豬似的嗥叫起來。

他們在碉堡裡，除了李金福，大家都靠著牆壁，坐在地上休息。其實，這種休息的意義，只不過是坐下來而已，雖然他們已感到疲憊，可是他們不能閉起他們的眼睛，因為當他們將眼睛閉合起來的時候，便有無數煩擾的思想唧接著——像那種愚蠢的帶魚一樣，從他們的腦海裡緩緩地游過去，而這些思想，又彷彿是一把把鋒利的小刀似的，宰割著他們的心靈。他們因而迷惘地玄想著，眷戀著這種與生俱來的求生的慾念——這樣會令他們感到痛苦和悲愁，但誰能對生命的遽然而逝無動於衷呢？

「你們身上有香煙嗎？」排長忽然問。

「啊，我早就戒了。」莫才隨即應道。

「李金福！」

機槍手站在槍洞前面，斜靠著牆壁。現在，他回過頭來說：

「你們去摸摸『燈泡』看吧，他的身上準會有的。」

班長向離他不遠的屍體爬過去，伸手去摸索他們的衣袋。

「這賭鬼的口袋裡還裝著三顆骰子呢！」他搖著手上的骰子笑著說：「——這傢伙！哦，紙牌一副，隨身法寶！噢！可惜可惜，給血浸濕了……」

「還在淌血嗎？」排長插嘴問。

「不，衣服早就乾了，紙牌是疊起來的。」他說，一面推動死者的身體去搜他的褲袋。「——好，果然有，還是硬殼子的英國煙呢！不是黃錫包就是黑貓！」

「你放心，」李金福笑著解釋道：「裡面裝的一定是蹩腳煙——說不定還是彎腰牌！他老是喜歡這樣的，死要面子，充場面！」

「管它的！」排長接過班長遞給他的煙。說：「只要抽得進口，什麼牌子都行！有些時候，煙頭愈短，它的味道反而愈好——哦，沒有火嗎？」

「王德方也許有，」莫才調侃地說：「他是從來只帶火柴不帶香煙的第三等人。」

方璞摸到了火柴，然後對著牆壁將嘴上的香煙燃起來，用力深深的吸了一口，然後將香煙遞給身邊的排長。排長將手蒙著嘴，又點上了一支，然後將它們遞給站著的李金福和莫才。

「這香煙的味道如何？」他笑著問。

「不錯，就是有點兒怪味！」

「有得抽，已經是不容易啦！」莫才將香煙還給排長，認真地望了李金福一眼。「已經是很不容易的啦！」

「有人說美國兵還在戰壕裡玩妓女呢！」

「鬼話！我只知道法國的馬奇諾防線底下有跳舞廳，有酒吧間，電影院……」班長接著機槍手的話，開始唸起來。

「有洗澡堂嗎！」李金福深信不疑的問：「唔，現在我真想洗個熱水澡，再躺下來揑揑腳……」

「你記得澡堂裡是怎麼喊的嗎？」

李金福十分得意地伸長著脖子，尖起嗓子叫喊起來：

「扦——腳！」他學著揚州腔調說：「拉你媽媽的！快點吵！」

連周大元都跟著大家一起哄笑起來……

就在這個時候，一發迫擊炮彈在後面爆炸了，接著又是一發，落在碉堡的右邊。

「別理他們，」排長說：「李金福，你小心一點聽就得了——喲，給你這一叫，我的腳真的癢起來了！」

副班長挪動著身體，靠近周大元，將手上的煙蒂遞給他，低聲說：

「你不吸兩口嗎？」

「不，」二等兵搖搖頭，羞澀地回答：「我不會抽。」

「不要緊，抽一口試試看——很好玩的呢！」

「我真的不會……」

「只有這十幾個鐘頭了，你還怕吸上癮嗎？」班長笑起來。「吸吧！二十歲了，還沒有學會抽煙，人家要看你笑話的！我十三歲已經是一個老槍了，連鴉片煙我都試過，而且偷偷的吸過好多次！」

「還有，」李金福笑著說：「據說人死了，要經過閻羅王審問才能投胎轉世，或者打入阿鼻地獄的。呃，他怎麼問呢？他第一句就問：『你會不會抽香煙？』如果你不會，他就說你不配做人，要判你變豬變狗的……」

「這笑話我聽見過，」班長接著說：「不過閻羅王不是問會不會抽煙，而是問有沒有玩過女人。如果沒有玩過，就不許投胎！要他變烏龜，因為據說烏龜是不能那個的呀！」

於是，他們又樂起來。最後的結論，就是一個當兵的，如果不抽煙不喝酒不玩女人，就不能投胎轉世。接著，話題轉到女人的身上了。他們繪聲繪色地敘述著，加著許多情節和不必要的手勢，當那個人說到最淫褻的地方，其他的人就得意地大聲笑起來。

及至他們把所經歷和虛構的女人說完之後，劉延武的那包香煙只剩下一支了。為了要公允地分配和消磨時間，李金福提議擲骰子，誰贏了，誰就吸一口。經過一番設計，他們將何宗寶的美式鋼盔拿過來，翻轉它的外殼，只將一顆骰子放在裡面，誰擲的點數大，誰就算贏；而且，在黑暗中無法辨認骰子的點數，他們公推周大元作裁判——這樣比較可靠些，因為他不參加——當他們將骰子擲進鋼盔裡，周大元便小心翼翼地將骰子拿起來，用手指去摸出上面的點子，然後報出來。

最先的三個圈，排長贏了一次，副班長贏了兩次。那支煙已經去掉一半了。機槍手突然變了主意，認為班長的手運不佳，改請副班長替他擲——因為他在執行守望的任務——同時，還學著那些賭鬼輸了錢的花樣，要將「旺家」（即莫才）的次序和自己的顛倒過來。

「我不能放過這個機會的，」他認真地說：「假如再不讓我吸一口，這輩子再也吸不到了！」

他們又緊緊張張地擲起來……

「五點，」周大元狡猾地低聲喊著：「又是副班長贏！」

於是，他們望著莫才，希望他這一口少吸一點。而李金福又咕嚕起來：

「無論如何，我也要親手擲一次才死得甘心！」

「好吧，我們就讓他閉著眼睛死吧！」排長笑著說：「周大元，輪到他的時候，你把那鋼盔端去讓他自己擲！」

果然，這一次是李金福的點數最大，而美中不足的，就是只有三點。他接過那支將要燒完的煙蒂，放在噘起的唇間，深深的吸了一口。煙頭發出的紅光，隱約地照出他那得意忘形而貪婪的神態。

突然，排長機警地端坐起來，傾聽著，等到他將這件事情證實之後，他沉下聲音喊道：

「他們來啦！哥兒們！」說著，他連忙向槍洞摸過去，順手將當他恢復過來以後便放在身邊的信號槍從腰帶上拉出來。他低促地向士兵命令：

「——準備！」

他伸手到槍洞外，向天空發射……

火球在天空中燃燒起來……

他們大失所望。他們只看見七條蛆蟲，正向著碉堡發狂地奔跑過來。李金福的重機槍搖了兩搖，他們便全倒下了。

「他娘的！真不夠味兒！」機槍手望望天空的火球，叫道：「才七個——在開咱們的玩笑！」

「我連槍都沒放呢！」

「也許他們沒人了？」

排長憂慮地凝望著這死寂的狹谷說：

「這是他們的戰略！七個人，換咱們一發照明彈！」他看看腕上的錶。「還有六個鐘頭，天才能亮，像這次一樣，他們會繼續不斷上來的！」

他們緘默著，望著那燃燒的火球，直到它熄滅。

八

沉默是使人容易疲憊的，等到這山谷又回復原來的黑暗，他們都困倦而沉鬱地摸著壁腳在地上坐下來。各人被各人的思想佔據著。

守望的任務，現在已經由副班長莫才接替下來了。他站在槍洞前，窺察著這個玄色的宇宙，他將整個心靈沉浸在這夜的液體中，他發覺在他的生命中，似乎也正如目前的情形一樣，在這黑夜中苦守著，掙扎著，冀求找尋到一線黎明的光輝。

「不過，黎明到來之後，我們的生命便將要結束了！」他想：「人生就是這樣不可思議的，我們傾盡畢生的精力去完成一個理想，可是當我們得到它的時候——哦，也許永遠不會得到，正如我們現在這種情勢，是很難守到天亮一樣——它對於我們已經失去意義了。唉，時間是一種可怕的東西，我從來沒有發覺這十多個鐘頭，會對於我這樣重要呢！像是每一秒鐘，都包含著一種新的解釋……」

他隨即想像著——如同他親身經歷過一樣——一個垂死的病人在死亡前的感覺。

「他一定後悔自己終生在做著一件傻事！」他在心裡想：「只有讓自己在活著的時候快樂，才是一件最聰明的事！對呀，如果在八年前我繼續自己的學業，我相信自己會成為一個作家的！至少，也應該是一個能寫作的人。那麼，我一定要將這句話，寫到我的作品裡去：人類，逃避他們的快樂，追求他們的痛苦……」

他微笑起來。

「那麼，我便會失去現在這種經驗了。」他繼續想：「我的作品裡，一定會充滿了寂寞、憂鬱、哀愁、孤獨……這些無聊的名詞——真是無聊透了！」

寒風從槍洞鑽進來，感到有些寒意，他拉拉衣襟，突然有一種莫名的悲哀從他的靈魂裡升起來。

「不過，我是很孤獨的，我沒有讓任何人了解過我，像周大元一樣。我的同情和憐憫他，不就是同情和憐憫著自己嗎？」他向自己喊道：「——可憐的人呀！」

他聳著瘦小的肩膀，畏縮著，將眼睛從黑暗的槍洞中收回來，逃開這個正開始向他挑釁的思想。

槍聲仍然忽斷忽續地在響著，除了證明這是戰爭之外，並無其他意義……

他們已沉入困乏而不寧靜的睡眠中，從他們這個營掩護全師撤退開始，他們已經戰鬥了整整四十小時了。現在他們倒在地上，或背靠著牆壁，他們的頭跌垂在自己的肩上，發出一種類乎呻吟的鼾聲，時而驚醒，但，隨即又陷進這種昏迷裡。

莫才望望他們，又開始玄想起來。他憶起他的第一個，也是最後的一個愛人……

「她將我推入痛苦的深淵裡！」他清醒地想著：「她是一個多麼美麗而又醜惡的精靈呀，我為什麼對她念念不忘呢？我早就應該將她忘得一乾二淨的！唉，這條毒蛇，它永遠在纏繞著我，它要我痛恨和厭棄世界上所有的女人——這是她的詭計，這八年來，我在做著一件多麼可笑的事情呀，我還想用所忍受的苦痛去感動她呢……」

想著，他絕望而悽痛地將頭靠在牆壁上。

「啊……」他嗄聲喊著。

當他再抬起頭，他才發覺周大元已經站在他的身邊。於是他關切地問：

「你起來幹什麼？」

「我睡不著，老是在惦記著什麼似的！」周大元回答。

「惦記著自己的生命呀！假如能活的話，誰願意死呢？而且，你的年紀太輕了，」副班長輕喟著說：「——你是不應該留下來的！」

「那麼你呢？」

「我和你不同。活著的時候，我是感覺不到有什麼快樂的。」

「我的痛苦比你多，」周大元苦澀地笑笑。「再說，你留下來了，我忍心一個人走嗎？」

「你是為了我才留下來的？」

周大元點點頭。

「你瘋了嗎？」莫才粗暴地叫道：「你在做著一件愚蠢的事呢！除了讓我為你而擔憂，你的留下來對於我們並沒有幫助！」

「可是剛才那個手榴彈卻是我將它扔出去的呀！」周大元平靜地說。

「啊！是的，」莫才愧疚地抓著周大元的肩頭。「——你是很勇敢的。你應該永遠這樣，將自己堅強和振作起來，我只是你的同伴，並不是一個可以永久依賴的人，你明白嗎？」

「可是我……」周大元痛苦地垂下頭。

「將話說出來吧！這是個機會，如果再過一些時候，也許就變得毫無意義了。」

周大元一直想要將自己心底的秘密——關於他的右手——告訴這位和藹的副班長，雖然副班長也曾不斷地向他探索，可是，他始終沒有勇氣將它說出來。現在，他帶些兒呵責的意味向自己說：「告訴他吧，你這該死的東西！除了他，你還能告訴誰呢？說吧，你看，現在他正望著你，搖著你的肩膀，等候你將這件事情告訴他呀！說吧，要不然真的如他所說：便要失去機會了。是否能守到天亮，目前是毫無把握的。說呀！我求你……你該承認，現在他要算是最親近你和最關懷你的人了！」

他從昏惑中抬起頭，驟然又被一個新的意念阻止了。

「我不能告訴他！」他固執地在心裡叫道：「我為什麼要將這件事情告訴他呢？我希望他能分擔我的痛苦嗎？啊……我未免太自私了！我沒有兄弟，但他卻如兄弟似的愛護我，我應該留給他一個美好的印象，一個完整的記憶。我絕對不能讓他窺見，我這骯髒的靈魂和這釀滿了罪惡的心啊……」

「說吧，」莫才溫和地催促道：「你不是曾經說過，以後會告訴我的嗎？那麼現在……」

周大元渾身在顫抖了，他感到一種難耐的寒冷侵襲著他，他定定地望著這位副班長，心裡又開始昏亂起來。

「不！我不能說！」他扭轉他的頭，叫著。最後，他狂野地掙脫副班長的手，向他原來的地方撲倒下去，發出被抑制的哭喊的顫聲……

「這可憐的孩子！」莫才痛惜地唸著，然後回轉頭，望著那個沉黑的槍洞。

他隨即又落入默想裡……

九

莫才已經聽到那種可疑的聲音了，雖然狹谷裡的槍聲不斷地干擾著他的聽覺；不過，現在他又肯定地判斷，這種聲音是那些襲擊碉堡的蛆蟲所發出的。

「我要叫醒他們嗎？」他問自己。

「如果我能夠對付得了，」他說：「為什麼要浪費一發照明彈呢？而且，只剩下兩發了……」

打定了主意，他又補充著說：

「能夠省下一發照明彈，就能夠守一個鐘頭。不管是不是可以完成任務，而我們已經盡了最大的努力了。以目前的情形看，守到天亮？太渺茫了——簡直是不可能！」他想：「這樣吧，讓他們爬近了就開槍掃射！然後再扔幾個手榴彈出去……」

那蠕爬的聲音愈來愈近了。他謹慎地將手榴彈的拔銷咬平，安放在手拿得到的地方，於是他握緊重機槍的槍把，右食指扣著扳機，等候著這些襲擊者爬過來……

聲音更近了……

他突然緊扣扳機，向那些發出聲音的地方猛烈地掃射起來……

他聽到他們叫喊和跑動的聲音……

碉堡裡那些睡著的人猛然驚醒過來，他們慌亂地向槍洞撲過去……

火球又燃燒起來了。

他們只看見四個敵兵。其中兩個，已經跑到碉堡的前面了；他們的手捏著手榴彈，當他們正要向碉堡投擲的時候，他們的胸膛像被一種龐大的壓力所撕裂似的，血液從那些地方飛濺出來，他們的臉和身體扭曲成一種可笑的形狀——一種不可想像的形狀。然後倒下，爆炸。

等到那些襲擊者全被殲滅之後，排長開始用一種嚴厲的聲音向莫才斥責了。

「差一點你就要誤事呢！」

「我以為……」莫才愧疚地回答。但排長馬上截住他的話，繼續說下去。

「我知道你的意思，可是，你沒有想到嗎？你這樣打是無濟於事的！他們只要爬過來一個人，已經是足夠讓咱們統統一起回老家了！不是嗎？只要那個人鎮定一點，數一二三，再將那個手榴彈從槍洞塞進來！」他疲憊地注視著那顆緩緩地向下墜落的火球，冷冷地說道：「——我們現在只剩下一發了！」

沉默著。他們開始發覺有一種強烈的力量在壓迫著他們的內心，他們什麼都不能想，似乎整個腦子裡都塞滿了這個相同的問題——最後的一發照明彈。

當最後一發照明彈發射之後……

無數可怕的想像在旋飛著，然後像一群鷹鷙似的以一種最高的速度向他們衝下來，張著牠們那鋒利的爪和那張鐵鉤似的嘴，向他們那被未來的厄運所驚嚇的心靈撲擊著，然後又升起，沒入那黑暗的冥冥裡去……

他們微微的顫抖著，並不是畏懼死，因為生與死對於他們，已變成一個相同的意義了。他們只覺得，那個時間要比他們所預期的短些罷了。

狹谷裡的槍聲在繼續著，他們不了解這是一種什麼戰略——盲目的，虛張聲勢的，無休止的絮聒，宛如一個醜陋的長舌婦。是在進行著一個新的陰謀？是在掩飾自己的軟弱？抑或是掩護著幾個新的襲擊者？

火球又熄滅了。

給他們一個永恆的黎明吧！神的意旨和魔鬼的讒言都不能發生些微力量，現在的情勢，只有等候這最後一發照明彈發射的時間決定他們的命運了。

「現在幾點鐘啦？」方璞忽然低聲問。

魯平侯仔細地望著錶上那兩根像是凝著不動的，發著一種微弱綠光的指針，憂鬱地說：

「才兩點十分，還早得很吶！」

「唉！」班長嘆著氣，「如果是在夏天，再過兩個多鐘頭，天就要亮了！」

「我從來沒有發現冬天的夜晚會有這麼長！」

莫才接著班長的話。

「是的，太長了——它實在是太長了！」

「這就怪啦！」李金福大聲嚷道：「我結婚的時候，也是冬天，可是那天晚上才一瞇眼，天就亮了！」

「那麼你那條小狐狸一定很生氣啦！」

「是呀！」李金福憨直地接著班長的話說下去：「那天我盼天早點黑，盼得心都癢起來！呃，後來差不多有一兩個月，我什麼事都忘了，只知道盼天黑……」

他們被他的話逗得忍不住笑了起來。不過，都是十分勉強的，笑過之後，很快地又回到原先的問題上去。

「只要有一點光，那就好了！」莫才說。

「那還用講嗎？就算沒有子彈，我們也能夠守到中午！」方璞激昂地叫道：「你們說是不是？」

「當然，當然。」

「但是還有五個鐘頭才能亮呀！」

「但願他們耽擱一些時候再爬上來吧！」

「噯！」排長這才插嘴道：「你們擔憂這些做什麼呢，遲早他們總是要上來的，那麼就讓照明彈用完之後再去想吧！有好些計策都是在最危急的時候，它自己才走出來的呢──來吧！」他去打開那袋乾糧。「先啃幾口麵餅再說吧，咱們已經有好些時候沒東西下肚子了！」

他們默默地接過那乾硬的麵餅，懶懶地放進嘴裡嚼著，然後再用力將它嚥下喉管。

「塞飽一點也好！」班長自言自語地說：「肉搏的時候是要拼力氣的，刺了進去還得用點力才能將刺刀拔出來──我看見好幾個人這樣丟手的……」

喝了一口水，排長用袖拐抹抹嘴，問道：

「周大元，你操過劈刺嗎？」

「副班長教過我的！」二等兵輕輕的回答。

「那很好，你得要用你的右手啊，力氣都在右手上呢！」排長又咬了一口麵餅。「呃，剛才扔手榴彈的時候，你是用的那一隻手？」

「我用右手，排長。」

「對啦！要用右手，抓緊槍把，橫擊，一二三——殺！殺字要大聲喊，就算只剩下你一個人，你也要大聲喊！懂嗎？」

「我懂的，排長！」

…………

比他們所預料的還早些，第四批襲擊碉堡的五個傢伙，已經從山麓下爬上來了……

十

最後一發照明彈升起來了……

時間是兩點五十分，距離天亮約莫還有四個鐘頭。

凜冽的西北風開始像一群跣足的野孩子似的從松林上奔逐而過，再從那禿頂的土岡迴捲過來，嘩叫著。

那五個襲擊碉堡的傢伙很快地被殲滅了。照明彈在天空中搖盪著，閃爍著青色的火焰；這山谷有如垂死者的失神而蒼白的容顏，仰望著這盞如它的生命一樣，即將熄滅的火光……

幾分鐘後，死神的黑翅從四周攏合起來，籠罩著這個瀕於毀滅的山谷……

沉寂。

——如死亡一般的黑暗與沉寂。時間和空間被凝固於這種無色澤，無感覺與體積的狀態中了。

沉寂，如黑色的膠液流瀉於山谷間，只有寒風奔逃的腳步和惶惑的松林的細語，滲進這奇異而詭譎的鳴奏裡。

沉寂，沉寂，沉寂……

現在，狹谷裡突然的沉寂使他們驚懼起來。

「他們在搞什麼鬼啊！」李金福最先開口，他用碎裂的聲音說。

沒有人想回答。他們緊緊地抓著手上的槍和牆壁，屏息著呼吸，定定地凝望這沉寂而黑暗的狹谷。他們都知道，突然的沉寂並不是一個好的現象——像暴風雨到來之前一樣。他們的心感到一種難以忍受的壓迫，同時，還不斷地增加它的重量。他們感到窒息，燃燒；感到一種罕有的激動。

「咱們在等死嗎？」班長驀然忿忿地叫道。

「冷靜一點，辦法是想出來的呢！」

排長這種穩靜的聲音將他激惱了，可是當他正想頂撞的時候，經過一番思慮的排長說話了。

「現在，」他說：「你們知道是什麼風向嗎？」

「…………」

「其實，什麼風向都是一樣的，」他繼續說：「不論由那個方向來的風，都會在這狹谷裡造成一個氣流的漩渦！現在唯一能夠援救我們的，就是下面這座松林！」

「松林？」他們異口同聲地喊起來。

「是的，就是這座松林。我想，它一定是十分乾燥的，而且，松樹的樹脂和枯的松葉都是最易燃燒的東西，只要我們能夠將它燒起來……」

「啊！」他們被驟然而至的幸福所昏惑了。他們激動地叫著，令人發笑的互相捶打著，像幾個在戲鬧的孩童似的，發出一種類乎癲狂的笑聲……

「啊，這真是個好主意！」

「是怎麼給排長想出來的呀！老天，這一下咱們總可以熬到天亮了！啊呵呵！當心——我要讓你笑不出聲音來的……」

好些時候，排長才將他們制止住。

「慢點再樂吧，」他正色地說：「它還沒有燒起來吶，而且，時間是很可慮的，無論如何，我們得要搶在他們的前面，可是由這兒到松林去，並不太近呢！」

「是的。」

「那麼——誰願意去？」排長低促地問。

李金福搶先回答，周大元和莫才隨後應著。

「李金福不能去，你得照顧這挺機槍，那麼……」

莫才突然用手按住正欲開口的周大元，攔住排長的話。

「讓我去吧！」他急急地說。

「可是，為了平衡我們的實力，」排長分析道：「我認為讓周大元去比較恰當些！」

「太冒險了！」莫才叫道。

周大元激動地嚷起來：

「讓我去，排長——我不怕！」

「問題不在你，」莫才補充著說：「而是這個任務！」

「您以為我沒有這種能力嗎？」

「不！我是說萬一發生了意外……」

「好吧，」排長說：「就讓你去吧！」

聽到了這個決定，周大元忽然感到慌亂起來。他像是霎時間失去一切思想和力量似的，癱瘓著，孤苦無助地站在一邊，直到他聽到排長吩咐副班長準備需要的東西時，他才極力掙扎著，迸出一句話。

「排長，讓我也跟著副班長去吧！」他哀求道。

「一個人已經夠了，這兒還需要人吶，」排長望著周大元。「在他準備出發的時候，你別去打擾他吧。他會碰到好運道的。」

周大元完全絕望了。他靠著牆壁，注視著這位即將離他而去的副班長。雖然他並沒有看見什麼，但，他卻堅信副班長正望著自己——這種神態是永遠不能忘懷的。他幾乎能指出他臉上的每一個特徵，甚至每一條細細的皺紋——停了停，他忍不住說：

「副班長……」

莫才站起來，束緊腰帶，然後深摯地伸手拍拍他的臂膀，慰勉地說：

「別擔心，我會回來的。我的走，是對你的一個重要的考驗呢。我不是對你說過嗎，我只是你的同伴，並不是一個可以永久依賴的人。你應該堅強一點！呃，我得去了！」莫才放下他的手。警告道：「你千萬要記著，用你的右手扣扳機，知道嗎！」

「來，接著我的手，」排長熱切她說：「捏緊一點！——你記得嗎，那個平坡？我在找照明彈的時候曾經摸到過的。在右面的那棵大樹下面，有好幾箱呢，你儘可能的帶吧，這些炮彈火藥包是十分容易燃燒的。黃色炸藥和手榴彈，我已經替你裝到背袋裡了。」

「您放心！我會將它燃起來的！」

「好，我們等你回來！」

莫才和同伴們握手，然後行著軍禮，匆匆地走出碉堡。

直到他的腳步聲在右邊交通壕的盡頭消失，他們才從槍洞前回轉身，沉重地吁了口氣。然後開始在心裡輕聲重複地唸著他們的禱語，都是十分虔誠的。

「假如他能夠在半個鐘頭之內將松林燒起來，這惡劣的情勢就會轉變過來了！」說著，他向左右望望。「咱們互相警醒一點吧！」

魯平侯看看錶，說：

現在，周大元故意望了望身邊副班長站立過的位置，忽然感到空虛和孤獨塞滿了他的心胸，但，隨即又煩亂得不知所措起來。他緊抓著手上的步槍，又無意識地換了一隻手。驀然，一個不幸的預感匆遽地在他的心中掠過，因而使他顫慄起來。

「不會的，上天會保佑他的！」他緊緊地閉著他的眼睛，悲傷地搖著頭，在心裡喊道：「他是一個好人啊！好人的結果是這樣不幸的嗎？多可怕啊，我為什麼會有這個預感呢？哦……」他摸摸自己的額角。「是的，我又在發高熱了。唔，神志不清——這不過是幻想而已，我在胡思亂想呀，在這種昏迷的狀態中，是什麼也能夠想出來的！」

那個可怕的想像又接踵而來了……

他受到莫大驚嚇地睜開眼，顫抖著。而那個想像卻在糾纏著他，死死不放。它由一個粗糙的暗影而逐漸明晰起來，它由一個細小的黑點而逐漸加大了體積。

「走開吧！」他憤怒地叫道：「你這個無賴！你替我滾開啊！」他露出輕蔑的神態。「你以為這樣會嚇倒我嗎？你的主意錯啦！我一樣可以想別的——想那些最好最好的。其實，這都是虛無的，無所根據的……怎麼，你這個固執的蠢貨，你明白什麼是事實嗎？」

可是，它並不明白什麼是事實，它只知道自己，它咧開它那醜陋的大嘴，不出聲地譏笑著他。然後，它又抖動了它的翅膀，從高處以一種威嚇的姿態向他撲下來……

他昏迷過去，等到他再回復知覺的時候，他發覺自己在淌著汗（這是一個寒冷的冬夜），腦子裡有一種抽搐的劇痛，渾身軟疲，心臟如同印第安人的皮鼓似的擂響著。第一個思想，他就想到那個可詛咒的預感……

「啊！」他用手蒙著自己的臉，喘息著，突然又覺得身體像石壁一樣冰冷。他以乞憐的口吻向自己說：「你饒了我吧，難道你連一點惻隱之心都沒有嗎？你是善惡不分的嗎？他是個好人呀——難得的好人呢！啊，你為什麼這樣殘暴地對他啊！這是罪惡，不可饒恕的罪惡！我懇求你，你為了我的緣故，改變你的態度吧！」

它冷笑著。

「你憐憫他，你也憐憫你自己嗎？你太糊塗了——是由於你正在發高熱嗎？唔，不是，你是十分清醒的。你想想看吧，這種地方我是時常幫助你的——聽著，慢點發抖吧，讓你發抖的事情我還沒有說出來吶！好，你既然討厭我的聲音，那麼我讓你自己去想……」

「啊，不不！」他發狂地說：「你告訴我吧！」

於是，他聽到一個熟識的聲音說：

「副班長的遭遇確是十分悲慘的，可是你和他們呢，只不過再延遲幾個鐘頭而已——也許會更快一點……那個時候，你們還不是和他一樣……啊！我不說了，那種情形你是想像得到的！」

「是的，」他無力地喊道：「我們都會和他所遭遇的一樣，被刺刀戳殺，被彈片撕碎……」他瞬即發生了一種新的恐懼——對於死亡的恐懼。

他扭過頭去看那黝黑的槍洞，膽怯起來。他渾身顫慄著，很久很久，他才從心裡找出一句話來安慰自己。

「也許我們有好運氣呢！」他並不十分相信地說：「而且，副班長會回來的；他回來了，我一定將關於我的右手這件事情告訴他。」

十一

半個鐘頭在等待的焦慮中過去了。

而沉寂——假使它是一種液體的話——卻愈來愈濃，甚至那種微弱的松濤聲也漸漸靜止了，只有冷風孤獨地在狹谷裡緩步而過……

排長從槍洞回轉頭，在黑暗中，他張著那雙充血的眼睛向他的士兵沉肅地說：

「還毫無動靜呢！」

「不會有什麼事情吧？」李金福嘎聲自語。

「照理，它應該燒起來了……」

「我們是不是應該再派一個人去看看！」機槍手提議：「也許他需要人幫助他呢？」

「這是多餘的，」排長說：「而且，已經來不及了，再過十分鐘——這是我的推斷，如果松林還燒不起來的話，那些傢伙就要爬上來了！」

沉默了半晌，班長忽然說：

「咱們得先要準備，萬一它燒不起來……」

「是的。」

「您不以為我們應該離開這座碉堡嗎？」班長向排長繼續說：「我們可以在外面——一個地形比較穩當的地方，比如，右面的交通壕口，很快地就可以建立個機槍陣地，而且，那邊還有好些現成的塹壕，您想，他們會料到咱們唱空城計嗎？等他們上來了，咱們就出其不意地給他們來一下橫擊！」

「這主意不壞！」排長快活地叫著。但又多慮的自語道：「可是，給他們鑽進了碉堡之後，倒是相當麻煩呢！」

方璞笑起來。

「咱們不就可以利用那些黃色炸藥了嗎？它比地雷都厲害呢！那股煙味就讓那些炸不死的張不開眼睛，透不出氣！」

「啊！完了！」

魯平侯驀然像是發覺了什麼可怕的事情似的，他神色緊張地摸摸自己的後腰，失聲叫起來。

「什麼事？排長！」方璞向他走過去。

「完了！」他重複著說：「莫才忘了帶電池，手電筒還掛在我的腰上吶！沒有它，那些黃色炸藥是無法爆炸的。」

「那麼燒松林這件事情……」

「希望很微弱了，不將那些枯樹炸倒是不能燒起來的。因為我們所需要的，是熾旺的燃燒！」排長悔恨地嘆息著說：「唉，我為什麼會將這樣重要的東西忘了給他準備呢？當我將那些炸藥和手榴彈放進那隻背袋的時候，我曾經提醒過自己的……」

「聽天由命吧！」方璞說。然後向李金福和木然地站著的周大元命令道：「來！動作快點，你們先收拾地下的東西，我到外面去看看就回來！」

十分鐘之後，他們已經放棄了碉堡，轉移到離碉堡二十碼左右的交通壕裡，而且已經在一塊比較凸出的牙形轉角上，將機槍陣地建立起來，正對著山麓和碉堡的右側，構成一個九十度的火網。如果在白天，也許會很容易便發現他們的，因為四周都沒有掩蔽；可是，在這個黑夜裡，他們卻像幾頭兇悍的野獸似的靜伏在那兒，眈視著牠們的獵物。

同時，他們小心地將兩隻黃色炸藥放在碉堡裡面，插好雷管，還解下劉延武的鞋帶，將它們牢牢的縛住，然後將那兩根細細的電線沿著交通壕引到這個新陣地來。為了慎重起見，排長自己將兩根電線的頭拿著，只要將它們分按到小電池的兩極上，炸藥便會爆炸的。現在他悚然站在李金福的身後，方璞和那怔忡不安的周大元分據在機槍的兩邊。

「你們聽到聲音嗎？」方璞忽然壓低嗓子問。

他們停止呼吸，側著頭傾聽著。

「並不十分像呢，」排長說：「也許是風——」

「不，你們再聽聽……」

「啊！真的是他們呢，」李金福激動地低喊道：「我聽見了，就是那種聲音——一點也不假！」

「噓！」排長制止他說下去，他機警地低聲說：「如果他們像那幾次一樣，只上來幾個人的話，咱們要把握著時機，要快，手榴彈機槍一起來，千萬不能讓下面的那些傢伙發現咱們在碉堡外面，不然，他們吊兩炮上來，這兒連躲的地方都找不到的！」說著，他絕望地望望那座沉黑的（連一點火星也沒有的）松林，慨嘆地喃喃起來：「——如果這個時候燒起來，真是太合適了！」

「既然燒不起來，他應該回來才對呀！」機槍手望著松林不解地說：「或者向天開一兩槍，也好讓咱們知道他的下落。」

「咱們別說話了，」班長嚴肅地說道：「對付目前的事才是最要緊的呢！」

於是，他們開始緘默了……

襲擊者像一頭頭狡黠的狐狸似的，一步一步的向上爬。他們輕輕地伸出他們的手，又輕輕地收回他們的腿，再將身體挺前一步，然後是靜著不動，休息，再繼續爬行——他們總共有十一個人。

又過了悠長的幾分鐘……

松林依然沉沒在這黑暗的山谷底下。

襲擊者已經爬到碉堡的前面了，他們隱約地看見他們那在蠕爬的身影，當前面的幾個人正要彎著身體站起來的時候，排長短促而尖銳地叫道：

「射擊！」

李金福隨即搖著機槍向碉堡前面的黑影掃射起來，方璞手上的衝鋒槍也跟著響，子彈打完了，他又敏捷地拍上另一個塞得滿滿的三十發長彈夾。排長一口氣扔了三四個手榴彈。李金福和方璞就借著這短短的爆炸閃光向左右搜覓著敵人，然後朝那個方向掃射。他們很清晰地聽到，那些彈頭鑽進泥土和與石塊碰擊而跳開的聲音，因為他們的機槍僅露出地面一點點，幾乎是與地面平行的，所以他們只是順著地勢左右掃著，每一發子彈都持有足以將兩百公尺以內的縱線切斷的威力……

而周大元卻愣在那兒，他始終沒有發射過他的槍——他們並沒有注意到他的舉動——他渾身滲著冷汗，發著抖。他甚至並不明白自己為什麼站在那兒，彷彿這一切都與他無關似的。現在他唯一意識到的，就是副班長和他正在凝視著的松林。至於松林是否會燒起來，他認為是不足輕重的，他只盼望著副班長能夠回來，像是只要他回來，一切事情都可以解決似的。從離開碉堡開始，他就機械地憑著自己的直覺與本能工作著，他沉沉迷迷地搬運著碉堡裡的彈藥，來回走了好幾次，他用腳尖探索著路，跌倒了又爬起來，直到渾身酸疲，還不能了解重量的意義。後來機槍在他的身邊囂叫起來了，手榴彈在碉堡附近爆炸了，他定定地望著那些黑影猝倒，慘叫，呻吟……可是，這是千真萬確的，他並沒有聽見和看見什麼，他只是在單調地唸著他的那一句話：

「他回來了，我一定將關於我的右手這件事情告訴他！」

這邊，李金福興高采烈地掃射著，他快活地喊道：

「他娘的！這一次上來好些人呢！」

「可惜看不見他們那副可憐相，」班長接著大聲說：「要不然，那才夠味呀——齜牙咧嘴的！」

又掃射了一陣。

當排長正要命令他們停止射擊的時候，碉堡的槍洞裡突然有槍聲還擊了。一排子彈從他們的頭頂飛過……

他們擡起頭，槍聲又響起來……

「當心！」排長低促地叫著，又低下頭。他說：「他們真的進去了呢！」

「最少也有兩個人，您聽見嗎，一支是步槍，另一支是連發的……」李金福喘息著說：「排長，您得準備啦！」

「咱們先不理他，讓他們統統進去了再說，也許還有人在外邊呢！」

「連頭都抬不起來，真他媽的難受！」機槍手詛咒著。

「委屈點兒吧，待會兒咱們就要委屈他們了！」

碉堡裡的槍聲斷斷續續地響著，有一次子彈打進他們背後的土堆上……

「差不多啦！」方璞說。

魯平侯連忙將小電池從口袋裡掏出來，然後將那兩根電線分按到電池的兩極上去。

可是，沒有聲音。

「哎呀！」排長驚叫道：「怎麼啦！」

「會不會是他們將線扯斷了？」方璞焦急地問。

「我想不會的！」，排長強作鎮定地回答：「這麼黑，他們不會發覺的！而且，他們緊緊張張的逃了進去，除了我們，他們還會注意別的嗎？」

槍聲又吼叫起來……

李金福急急地說：

「也許線頭捏在手上太久了，有汗呢！」

排長試著將線頭在毛綁腿上摩擦著，一邊說：

「但願是這樣吧！」

於是，他又將兩根線頭按到電池的兩極上去——

爆炸的巨響撼動著整個山谷，空氣被急激地撥動著，那碉堡的槍洞在極強的紅光閃過之後，濃煙向四周射出來，攙著辛辣和難聞的火藥氣味……

「啊！」李金福跳起來，發狂地顫聲叫著：「都完蛋啦！」

魯平侯也跟著挺直腰，深深的吸一口涼氣。他用手拐去擦著臉上的汗，激動地說：「老天！差點兒就出岔呢！」說著，他才發覺自己還緊捏著電線和電池，於是他將電線摔掉，向松林望望。

「不知道莫才現在怎麼樣了！」他沉痛地自自己說。

煙硝現在開始向他們站立的地方飛撲過來了，他們被刺激得流著眼淚，用手蒙著鼻子和嘴，嗆咳著……

突然，一個使他們迷惑不解的事情接著發生了。

「這是怎麼一回事啊！」他們喃喃著。霎時間感到驚駭和慌亂起來。

他們聽到狹谷裡的敵兵高聲歡呼著，囂叫著，發出一種令人寒慄的叫號，一起瘋狂地邊喊邊向碉堡跑上來……

十二

「這究竟又是一種什麼新戰術啊！」李金福昏亂地叫道：「人海戰術是這樣亂喊亂叫的嗎？」

「可以壯壯膽呀。」班長說。

沉默了一陣，排長從深思中恍然大悟地說：

「哦！一定是這樣的——剛才碉堡裡的炸藥爆炸的時候，他們是看得很清楚的，你們猜猜他們怎樣想？嘿……」排長笑起來。「他們還以為偷襲得了手，咱們給炸得魂歸天府了呢！」

「怪不得這些雜種這麼開心！」

「怎麼不開心呢，如果咱們還有照明彈的話，他們就得一批一批上來送死——這年頭，真正想死的人並不多呀！還不是小兵倒霉，三個五個換一發照明彈……」

「現在他們好像全都上來了！」機槍手插嘴。

「鬼知道，」排長說：「總之等他們跑近了，咱們就幹！」

狹谷裡的蛆蟲們已越過小道，現在已經爬上山麓了，他們仍然在拉直嗓子癲狂地叫喊著……

方璞用手搔搔他那發癢的鼻子，疑慮地說：

「情形有點不對呀，他們像是向兩邊散開，並不是朝著一個固定的目標上來似的……」

「他們在搜索嗎？」李金福問。

「不像！」排長斷然地回答。

「他們知道咱們還活著？」

「更不像！」

「那麼，他們在包圍些什麼呀？」

思索了一下，魯平侯感到有點煩躁起來。他冷冷地說：「我明白了！也許他們要爬過咱們後面的山脊……」

「山脊？」班長不解地喊道：「有路不走，要去爬山脊？他們真的會這樣愚蠢嗎？」

「爬過山脊是到江邊的捷徑呀，」排長反駁道：「對於地理，他們要比咱們清楚得多呢！說句笑話，他們真的閉著眼睛都摸得到的——他們都是本地人，地頭蛇呀！」他將眉頭皺起來。「哥兒們——咱們得好好的堵住，一個也不讓他們過去！」

李金福聳聳肩膀，有點不快活地說：

「天又黑，面積又大，這是一點把握也沒有的。如果讓他們發現了，左右一夾，咱們還沒法照顧呢！」

「這只有看老天的意思怎麼樣了……」

那些蛆蟲繼續向上爬……

副班長在松林裡。

當他遵照著排長的指示，在那平坡的大樹下找到那些炮兵營留下的藥包之後，他將它們裝進一個麻布袋裡，然後背到下面不遠的松林裡去。很快的，他在林邊（裡面是佈滿荊棘的）找到了一棵枯樹，他連忙拔出他的刺刀，在樹腳下挖了一個並不太大的洞，然後將背袋裡的黃色炸藥塞進去，再將雷管上的兩根電線拉到後面的一棵大樹邊。可是，他將背袋翻了過來，還是沒有找到那隻小電池。

「啊！」他焦急地問自己，「是忘了帶下來嗎？」

他再搜尋一遍，終於絕望了。因為如果不將枯樹炸倒，一時是很難將樹林燃起來的。他曾經想到用手榴彈，但是，他知道手榴彈的力量是不能將這樣大的樹炸倒的，而且，投擲的技術上也有許多困難。

於是，他只好想別的方法，因為再回到碉堡去拿電池，在時間上已經是不可能的了。他急急忙忙撿拾著枯枝落葉和橢圓形的松球，揮動著刺刀去砍那些叢密的荊棘，他喘急地呼吸著，淌著汗，衣服全被荊棘撕破，手和臉部的皮肉被那些芒刺抓傷了；他的腦子裡，卻是空空洞洞的，沒有一點思想，只有心的悸動和生命的燃燒。

他不斷地抬起頭去望著那黑暗的山麓。

「已經耽誤好些時候了！」他自語道：「不管怎麼樣，我總得設法將它燒起來，遲了的話，他們就完了！我要將它們堆在這棵樹的樹腳上，將它燒倒——哦，時間太長嗎？不要緊，枯樹是很容易燒透的，到那個時候，我想，兩個手榴彈一定可將它炸倒了！」

槍聲突然在山麓上響起來，接著是連續的手榴彈的爆炸……

他木然地站起來，望著山麓。瞬即被捲進一個驟然而至的可怕的思想裡……

「噢！太遲了！」一股奇怪的力量在衝擊著他，他狂亂地抓起放在地上的槍，向著松林的出口奔跑過去……

但，只走了幾步，他又滯重地將腳步停下來。

「我要到那裡去呢？」他問自己：「回去嗎？——唉！我瘋了呢！等到我回到碉堡的時候，他們也許已經……」

恐怖的幻象開始在他的眼前晃動起來：他看見何寶宗喉管的傷口冒出來的血泡；王德方那被打碎的牙床，凝著烏黑血漬的腫裂著的嘴；程俊那慘白的，平靜的面容；劉延武和梁超兩個那血肉模糊的臉……接著，他又看見排長、班長、李金福和周大元，相同的，被扭曲，被撕碎，被幻成一種可怕的形狀……

「啊……」他叫著。蹣跚了兩步，便倒在地上。

現在槍聲鬆弛下來了，發著短發……

停了停，他又掙扎著爬起來。

「我要將它燒起來，這是我的任務！」他大聲嚷著：「——燒！一定要燒！」但，他忽然又軟弱地用手摸摸自己的臉。「我是一個廢物呀！沒有電池，我就不能甩別的方法使它爆炸嗎？」

他思索起來。他記得自己曾經用這種炸藥炸過魚，破壞好些堅固的建築和軍事設備。但，他一時不能想出另一種使它爆炸的方法——他沒有過這種經驗。

他絕望地仰起頭，猛然看見上面的枝葉在紅色的閃光中呈現出來——這才發見這棵枯樹的形狀。碉堡裡爆炸的響聲也跟著震盪過來了……

當他在這一瞬閃光中將一個新的意念攫住之後，一切意識和力量都回到他的身上了。他異常清醒地向那棵枯樹走過去，重新將那些枯枝和助燃的荊棘搬到右面他所假定的一個地方，然後將麻袋裡的火藥包散佈在周圍，再將剩下的幾包拆開，一面走一面撒在地上。

「這就是一條導火線，」他喃喃地說：「炸藥爆炸的時候，這棵樹會向右邊倒的——我剛才已經看見這棵樹是向右邊彎的。它正好倒在那些火藥包上……」說著，他已經走到枯樹下面，便一起將手上的火藥撒在樹腳下。他像是向自己解釋似的繼續說：「這樣，就會把火引到那邊去，就會燒起來了！」

「已經遲了，這個時候燒起來，還有什麼意義呢！」他聽到自己譏誚的聲音在說：「你沒有聽到剛才那個響聲嗎？那是碉堡裡面發出來的呀！你聽，現在不是連一點聲息都沒有了嗎？」

他頹然垂下手。

「遲了！」他生硬地唸著：「遲了！」

前面（只隔著這座松林）谷裡的敵兵驟然鼎沸起來……

他傾聽著，但並不感到驚訝。

「叫吧！歡呼吧！」他痛恨地磨著牙齒說：「假如我下來的時候不那麼糊塗的話，也許你們現在要哭呢！」說著，他用手去摸摸臉頰上發癢的地方，才知道是自己的眼淚。

「你怎麼哭了呢？」他斥責著自己：「他們在笑吶！多沒出息呀！你這個蠢貨！懦夫！」

「懦夫！誰敢說我莫才是個懦夫！」他憤激地叫起來。想了想，他沉肅地說：「是的，我要將它燒起來！即使他們已經看不見，我還是要將它燒起來的！」

叫囂的聲音愈來愈大……

他謹慎地旋開一隻手榴彈的底蓋，將那支雷管抽出來。

「我為什麼不早一點想到這個主意呢？」他說著，一面摸索著將樹腳上的炸藥取出來，將手榴彈的雷管裝進去，然後他再將炸藥塞進樹洞裡。——那支雷管是J形的，長的那頭放進炸藥的圓孔裡，外面還帶著一個比那長的圓管大一倍的鉛頭，那就是撞針撞擊而使手榴彈爆炸的地方。

現在，他將那個鉛頭緊按在樹洞的邊緣，然後將刺刀的刀尖對準（他用他的左食指和姆指捏著）鉛頭上撞針所撞擊的部位。

「我只要輕輕的用力一頂，」他有意味地微笑著說：「它就要爆炸了——一切都歸於幻滅了！」

這樣延宕了一些時候——並不是猶豫，只是讓自己得到一點點時間去想想八年前那個離他而去的戀人，那正在向緬甸邊境撤退的部隊，以及碉堡裡的每一個人……

「周大元是不是已經用他的右手了呢？」他很想繼續想下去，不過，山麓下叫喊的聲音擾亂他。於是他用力抓緊刺刀的刀柄，說：「——一切都歸於幻滅了！」

十三

山麓下的呼嘯和叫嚷聲，現在聽得更清楚了。那些匪兵簡直是無忌憚地直著腰奔跑著，跳躍著——因為山坡的斜度並不大，向著他們的機槍陣地這個方向奔上來。像是一大群在進行著越野賽的武裝士兵一樣……

排長蹙著眉，咬咬自己的下唇皮，嚴肅地說：

「讓他們再過來一點，像剛才一樣，聽我的命令！」他在黑暗中伸出手。「方班長，你照顧右翼，周大元和我照顧左翼，李金福，你只管正面就夠了，不管別的——刺刀都準備了嗎？」

「都上起來了！」

「周大元！」發覺他沒出聲，排長喊道。

「有！」他顫聲應著。

「你要拿點勇氣出來啊！是死是活，就看這一場呢！」

李金福快活地笑起來。

「還有什麼好怕的？」他說：「咱們早就夠本啦！」

「我，不是怕……」二等兵吶吶地抗議道：「我……」

「你又在惦記著你的副班長，是不是？」

「…………」

「你只要好好的照顧自己就成啦！」排長勸慰地向他說：「生死由命，富貴在天。有命，他總死不了的！」頓了頓，他望了望松林，接著說：「你記住了他的話嗎？」

「記住的，排長。」

「對啦——要用你的右手！」

那班傢伙已經走近來了……

連思索的時間都沒有，排長重重地發出射擊的命令。火舌又開始從他們的槍口噴吐出來，伸舐著這黑夜的醜惡的臉……

囂叫瞬即靜止。這突如其來的槍聲，使這些正在得意忘形地叫嚷著向山脊上跑的傢伙們僵住了。直到那些機槍子彈在他們的頭上飛過，或者在他們的前面跳起的時候，他們才驚慌起來，於是他們跌滾在地上，希望能夠有足夠的重量將自己陷進泥土裡去，等到他們的驚懼漸漸平復下來之後，才想到開槍還擊。起先是零散的，後來當他們意識到周圍還有好些自己人的時候，這才漸漸的將火力凝聚起來，集中焦點向坡上的機槍陣地射擊著。

現在，這個新的情勢對於他們這四個人，顯然是十分惡劣的了。雖然在這種昏沉的黑暗裡，敵人的槍並不能準確地瞄準他們，可是，他們正處於扇狀的包圍之中，要應付二十倍於他們的敵人（也許還要多些）。那些盲目的，由前面和左右向他們打來的槍彈落在他們的四周，有一兩次曾經在他們的鋼盔上擦過，拖著顫動的聲音跳開，有些像孩子們玩的發聲陀螺，旋轉著，鑽進泥土裡……

「這兒的地形太壞了！」李金福生氣地說。但，他依然露出他的上身，固執地搖著機槍。

「比起他們來，咱們已經是很不錯的啦！」班長說。

「反正是瞎子打仗，誰碰到誰倒霉！」

對方的火力緊一陣，鬆一陣，過了幾分鐘，忽然沉寂下來——完全沉寂。

「停止射擊！」排長急忙叫道。他困惑地望著山麓。

他們因為這突然的沉寂而不安起來。

「又在搞什麼鬼啊！」

「子彈打完了？」

「都在同一個時候打完嗎——有問題！」

山麓上的敵兵微微地騷動了。有人在奔跑，倒下，低語著——空氣很平靜，風是微弱的，所以他們能夠十分清晰地聽到。

「大家當心點，」排長嚴肅地低聲說：「看情形，他們是準備衝過來了！」

「真要命，一點都看不見呀——有幾顆星，也許會好些！」李金福在咒罵。

「李金福，」排長命令道：「鎮定一點，讓他們到了前面再打——這個時候，你用不著省子彈，扣著不要鬆，用火力壓住他們。方班長和周大元只管扔手榴彈好了。呃，那個箱蓋已經打開了嗎？」

機槍手提議道：

「那個時候，咱們也要學學他們——窮叫亂喊！很嚇得住人呢！」

「隨你的便吧！」排長溫和地笑笑。「只要堵得住，咱們怎麼樣都成——萬一……」

「排長！」

「你聽完再說吧。萬一堵不住——我並不是說洩氣話，因為到了那個時候，也許什麼主意都想不出來了……」排長沉重地接著說：「咱們一起跳出去，再拚他幾個！哦，李金福別忘了順手拉出槍機，把它扔掉！」

他們隨即沉默下來，望著前面。

突然，離他們一百公尺左右，有一個尖銳的聲音叫喊起來。那聲音嚷道：

「上刺刀！——預備……」

幾乎是在同一個時候，還沒讓那個人的「衝」字說出嘴，松林裡冒出一片紅色的閃光，爆炸和樹木傾倒的聲音相繼傳到山麓上來。而在那碰撞、折斷和撕裂的嘈雜的聲音還沒有完全靜止之前，強烈的火光在濃煙下面湧上來了……

山谷的輪廓朦朧地呈現在火光中。

十四

最慘烈的戰鬥過去了。

靜寂又從狹谷間瀰漫開來……

烈焰在松林的右角躍動著，像一頭不馴的野馬似的，高高的舉起它那雙在踢動的前蹄，嘶叫著；伸舐著無數藍色的、深紅色和鵝黃色的火舌，在夜空中狂舞，在捲動。它隨著風勢向兩邊伸延，當一些高大的樹木被燒倒的時候，便冒起一團黑色的煙雲，那些尚在燃燒的樹枝木屑便跟著飛揚起來，然後沒入黑暗的夜空……

火光照耀著這憔悴而疲憊的山谷，空氣裡充塞著焦灼和辛辣的氣味；乾燥，悶熱。夜霧和露水在凝成白霜之前便被蒸發了，白色的濃煙，隨著風的方向流盪著……

只有單調的樹木燃燒的嗶剝聲……

有幾條狹長而暈紅的火光，由槍洞斜斜的射進來，貼在碉堡的頂上，微微地顫動著。很清楚的可以看到那些鋼架——像別的地方一樣，現在已蒙著一層霉斑似的白垢，這是那兩個黃色炸藥炸的，它正好遮蓋著原先寫在上面和木條上的日本草書，角上還放有一隻外面的絨套已經腐爛了的日本軍用水壺，壁上那些用刺刀刻出來的粗劣的字跡，現在更明顯了；入口的旁邊，有一塊名字木牌掛在一枚生銹的鐵釘上，那些小木牌（可以活動的）仍然十分整齊的排列在上面，字跡已經很模糊了；右面的壁腳有幾件已朽爛的衣服，銅扣的，還有幾個斧形的皮質子彈盒……

李金福被激情震顫著，他那渾圓的臉露在槍洞邊，滿抹著烏黑的煙灰。他笑著，目不轉睛地望著松林的火焰，似乎要想在那兒找尋些什麼似的，微微有點焦躁。

一陣煙灰迎面向他撲過來，他用手來回撥著，吐著吐沫。

「已經燒到路邊上來啦！」他回過頭說。

「你看吧，燒到天亮的時候，咱們這個碉堡都可以烤鴨子了！」排長打趣地笑笑。鋼盔已經脫下來了，額上冒著大顆大顆的汗珠，眼睛深陷，兩邊有細細的皺紋，神情困憊而又興奮。他正坐在地上（滿地都是因火藥爆炸的高熱而變白的黃銅子彈殼），將自己那受傷的右胳膊伸給跪在他身邊的方璞，叮囑地說：

「不要緊的，你用力將上面紮緊吧——這樣才止得住血。」他扭轉頭，緊咬著牙齒。「要不然，再流一個鐘頭，我就要流乾了！」

方璞默默地用一條布綁腿替他包紮著。當自己的目光和排長的相遇時，他又低下頭來。

「再緊一點！」

「等會要發麻的呢！」

排長望望自己浸著血漬的手膀，試著伸縮著手指。

「沒別的法，」他說：「只有麻痺了才不覺得痛……」

「還痛嗎？」班長關切地問。將剩下的半截布綁腿掛在排長的頸上，然後輕輕的將他的手套進環裡去。

「已經好多了，再過些時候，這支胳膊就不是我的了——好啦，謝謝你。」

方璞彎著身體，將地上的一隻水壺拿過來給他。

「喝一口水吧，我看你的嘴唇快裂開了，」他說。「再喝一口吧！」

排長搖搖水壺。

「還有兩口，」他將它交還給方璞。「大家分著喝——呃，周大元呢？」

「把機槍抬回來之後，他又出去啦！」機槍手回答。

「還有什麼留在外邊嗎？」

「也許在等副班長回來吧！」班長插嘴道。

「這孩子！」排長憐惜地喃喃起來：「他一步都離不開莫才呢。去叫他進來吧，在外邊是很危險的——現在比不得先前，他們和咱們一樣，都長著眼睛啦！」

說著，他用左手扶著石壁困難地要站起來。

「不用，」他推開方璞的手，笑著說：「讓我自己來，我要試一試自己還有多少力氣。」

「您還是躺下來休息休息吧，」李金福規勸地向他走過來。「您的血流得太多了，您看您的臉，通紅，在發燒呢？在這個時候發燒，不是件好事呀！」

排長故作輕鬆地笑笑。

「去你的吧！」他望著李金福說：「你的臉不也是一樣的紅嗎？這是火光呀！」他站到槍洞前，心裡感慨地喟嘆道：「多熾旺的燃燒！多美麗的色澤！在半個鐘頭之前，我們是怎樣的渴望著它來呢——甚至已經絕望了。現在，它已經來了，我能夠放棄它，閉起我的眼睛嗎？我已經將近閉了十個鐘頭啦！那個時候，張著跟閉著又有什麼分別呢！」

他的創口開始微微地有點搐痛，他要想用力將拳頭捏緊，可是，他的手指已經不聽從他的指揮了。他用左手去摸摸它，發覺它冷而僵硬。

「這樣就完了嗎？」他想：「假如是左手，多好吧，左手端槍怪彆扭的，我要用腿夾著槍，才能扳槍機，上子彈的時候更麻煩——這些鬼東西，為什麼不將槍偏右一點，打我的左手！」他痛恨地詛咒出聲音來。

「你還是躺下來休息吧！」李金福又說。

「休息！」他苦澀地笑笑，又陷入玄想裡。「除了死亡，我還需要什麼休息？不需要！什麼都不需要！只要……」他感到有點暈眩，他抑制著，忽然大聲說：「──只要咱們能守到中午一點鐘，任務就完了！」

李金福和方璞同時扭過頭去望著他。

他避開他們的眼睛，發覺額上淌著汗，他喘息著，感到非常焦渴。

「我為什麼要說出這種話呢！」他痛苦地向自己說：「我們當然能夠守到一點鐘的。唉，他們在望著我吶！李金福這傢伙不是說我在發燒嗎？──哦，是的，也許是真的，我的身體已經汗濕了！」他突然感到疲軟下來，眼睛都幾乎無力睜開了。他將頭靠在槍洞上，望著那熊熊的火燄，固執地說：「我要望著它，直到它將整個松林都燒起來……呃，莫才回來了，我要問問他，他是怎麼樣將樹炸倒的──這真是奇蹟……」

他用無力的聲音喊道：

「李金福，」他蹙著眼角，盯著山麓上敵人的屍體。「你數過了嗎，總共有多少呀……哦，很難數清的呢……」

李金福和方璞站在他的身後，憂慮地瞧著他。現在，班長用手拐示意地碰碰李金福，於是他們上前去將排長扶著，讓他在地上躺下來。

「你要去數呀，」他有點神志不清地望著機槍手，沙嗄地說：「你不是嚷著要數數那些死屍嗎？很好，現在有足夠的時間讓你數了！」他望著碉堡頂上的火光，笑笑。「——我敢擔保它要燒三天的……」

「是的，我要數的。」李金福強笑著說。一邊用腳去掃開壁角地上的子彈殼。

排長馴服地平躺下來，頭枕在一隻背包上。他已經將那雙發黃的眼睛閉起來了，但他的嘴仍在蠕動著：

「你要將準確的數目——報告我。還有，莫才回來的時候，知道嗎？呃，我要問他……」

他發著高熱，陷入昏迷裡……

他們跪立在排長的身邊，相對望望。然後又默默地站起來，回到槍洞前。火光照著他們那憔悴而滿佈憂色的臉。沉默了很久，李金福忍不住先將他們所擔憂的事情說出口。他神情嚴肅地向方璞說：

「我們要看著他死嗎，他已經很危險了？」

隔了一下，班長輕聲回答：

「難道我們還有什麼方法嗎？我們連一個急救包，一瓶碘酒都沒有！」

「我們總得想個法呀！」

方璞不響，像是想要捕捉什麼似的，他將眼睛瞇起來，深深的思索著。松林的火燄使他想起半個鐘頭以前的事情。他記得當時的情勢怎樣危急，松林怎樣燒起來，他們怎樣將那些衝過來的叛軍殲滅，排長怎樣負傷，後來又怎樣再回到碉堡裡來……

「這整個夜晚，是一場惡夢！」他在心裡說：「現在，危機算是過去了，但天亮還遠著吶！」情況是十分顯明的，火燄會繼續向狹谷的隘口蔓延過去。滲進松林包抄碉堡的右翼已是不可能的了；現在只有惟一的一條路，就是由山麓的斜坡攻上來，可是，這是非常危險的——他們已領略過這種滋味。而且他們這兩連人已所剩無幾了，除非他們的主力到來，不然，這種僵持的局面是不易解開的。

他們的主力（後續部隊）什麼時候才會到來呢？

「這是天亮以後的事情了。」方璞肯定地說。問題馬上又回到李金福在等待他回答的事情上。他回轉身，看看在發著囈語和呻吟的排長。他忽然問自己：

「他能活到天亮嗎？他會再醒過來嗎？」

他猛然記起好些在同樣情形之下死去的士兵……

方珏（他那已死去的弟弟）的影子瞬即在他的心中掠過，而當一個惡念開始萌芽的時候，理智又回到他的身上來，他著急而迷惘地叫道：

「我要救他！我一定要救他！」於是他返身向碉堡的出口走過去。

李金福連忙伸手攔阻他。

「那兒去？」他奇怪地問。

「你照顧著他吧？」班長認真地回答。「我馬上就回來。」

出了碉堡，李金福從槍洞中看見他敏捷地跳出交通壕，向山麓跑下去……

「班長！」他高聲警告：「當心點呀——班長！」

方璞繼續向下跑，他在那些敵兵的屍體上翻尋著，他忙亂地解開他們的背袋，將裡面的東西倒出來，然後又向另外一個屍體走過去。照例的，他用手摸摸他們的口袋，搖搖掛在他們身邊的水壺，扯下來或者隨手摔掉……

現在，他已經跑到右面山溝那邊去了，李金福突然發現有一個尚未死去（也許是受了重傷）的敵兵緩緩地將槍舉起來，對著那一無所知的班長的背部……

來不及叫喊，他匆遽地抓著機槍的槍把，向那個方向掃射一次猛烈的長射擊……

塵土在那敵兵的周圍跳躍著，飛揚著……

方璞猝然倒在地上。

「噢！」李金福失聲叫起來。

就在這個時候，他看見周大元從交通壕的盡頭爬出來，向班長奔去……

狹谷裡的槍聲跟著響了。毫無疑問的，目標就是在奔跑的周大元。李金福在碉堡裡沒命地叫喊，但他並沒有理會。現在，他已經將方璞扶起來了。方璞搖搖頭，摸摸自己的肩膀，彷彿在跟周大元說些什麼，然後他們一起分頭再去翻動那些屍體……

狹谷裡的叛軍繼續在向他們射擊……

十五

槍聲靜止了。

方璞和周大元顛躓地走進碉堡。班長將掛在肩上的幾個水壺和一個乾糧袋摔到地上之後，他疲乏地在入口的梯級上頹然跌坐下來；他痛苦地用那沾著血漬的雙手蒙著自己的臉，手拐支在膝上。半晌，他嗄聲說：

「我全找過啦！沒有，連一捲繃帶都沒有！」

周大元木然地靠著牆壁，那呆滯的眼睛落在排長的右手上（似乎還在微微地滲湧著血）。很久很久，它們才向上移動，看看他那充血的臉；然後抬起頭，望著憂形於色的李金福。他想問，但又不敢問。只是愣著，嚥著吐沫。

「我們已經盡了我們的人事了，」李金福勸慰地說：「看看老天的意思怎麼樣吧——啊，你的肩頭……」

「只是擦傷，不要緊。」班長回憶似的低聲唸道：「周大元過來扶我，我還以為自己已經完了呢！如果死就是這種滋味，倒是挺好受的。」

李金福拿起一個水壺，問：

「有水嗎？」沒等別人回答，便帶著它到排長的跟前去。他將他的身體抬起來，靠在自己的腿上。

排長在低弱地呻吟，微張著那紅而乾裂的嘴唇，臉上的肌肉不住的抽搐著……

李金福小心地將壺嘴放在他的唇邊，緩緩地灌進去，然後再將他放下來，將繫在自己腰帶上的毛巾沾濕，覆蓋在他的額上。

「現在只有看他的溫度是不是能夠退下來了！」他注視著他的臉說。

方璞抬起頭，整理了一下思緒，又重新振作起來。

「我不能夠老是這樣的，」他想：「事情還沒有完吶！雖然松林已經燒起來了，但，守到中午一點鐘……太可怕了！彈藥快完了，只剩下這幾個人，如果他們的主力——那是毫無疑問的，他們只不過是先頭部隊，主力還在他們的後面吶！也許在天亮，唔，也許馬上就會到呢！」他望望熠耀著火光的槍洞，又望望旁邊停放的五具屍體（那兩個敵兵的屍體已經拖到外面去了），於是他又喃喃起來：「只不過是遲早而已——幾個鐘頭的事情，這都是不可思議的。不是嗎？生生死死，就是這樣一回事，為什麼還要白費自己的心思呢？」

他淒涼地笑了笑，便走到周大元的身邊去。

「副班長快要回來了！」他懇切地說。

「是的。」周大元羞怯地點點頭，逃開班長的眼睛。他已經細細地回想過這個鐘頭裡（從副班長到松林去的時候開始），自己究竟做了些什麼事情。

「我應該感到羞恥的，我真是一個這樣沒出息的傢伙呀！」他的臉開始泛出紅暈，愧疚地低下頭，久久才能將那佔據心靈的思想驅開。他重又感到極度的焦渴，令人心悸的期待，如烈焰般在他的生命裡燃燒著。

「等他回來了，」他熱望地向自己說：「我要將所有的事情都告訴他，一點都不隱瞞，我要讓他知道我是一個骯髒的罪犯，是一個不中用的人……」

這樣想著，他心裡的積鬱似乎因而舒坦了一點。於是，他帶著一種激動的神情挨近班長，輕聲說道：

「班長，我可以到外邊去……」

李金福不以為然地叫起來。他回到他的位置上，一邊解開衣襟的鈕扣，一邊說：

「你放心好啦！他總要回來的！他們只要吊一炮上來，連逃都沒處逃！剛才我直在替你們擔心呢！」

班長詫異地接著說：

「對啦！他們的迫擊炮怎麼一聲不響了——炮彈打完了？」

「打，還不是白打嗎！」李金福輕蔑地笑笑。「這種六〇迫擊炮嚇老鼠也許都嚇不倒呢！這座碉堡會怕它嗎？別說炸垮，就算落到頂上，也不見得會震下多少灰塵下來。我看，日本鬼子建造它的時候，就想到這一點的。」

「不過，他們的後續部隊也許有口徑大一點的：八一重迫擊炮，三七戰防炮，七五山炮；只要一門，咱們就夠受了。」方璞摸摸口袋，將一包黃盒的香煙掏出來，遞給李金福，說：「抽一支。」

「怎麼，還有？」李金福拿下一支，奇怪地問。

「剛才在那些傢伙的身上摸來的，」他拿出一隻鍍金的小打火機。「你看，這是什麼！」

他們將煙點起來。

「真是來路貨呢？」李金福不相信地看看煙上的標誌，又深深的吸了一口，說：「他們真捨得花錢呀！」

「你以為他們買來的嗎——你聽聽……」他搖搖口袋，發出叮叮噹噹的響聲。

「銀圓？」

「嗯，」他點點頭，順手拿一把出來，丟兩個給李金福。「——喏，送你兩個壓壓口袋。他們每個人的身上都有，像是上面發的！你知道嗎，共產黨用錢收買他們的呀！盧漢這孫子是怎麼叛變的，軍長被他扣留的時候，不是也說過每個兵幾塊銀圓嗎！他媽的！我順手帶幾個回來玩玩。」

機槍手十分認真地用老法檢驗銀圓的真假和成色，他將它輕輕的拈著，用手指輕輕地彈它，然後放在耳邊聽聽。

「唔，好貨色！」他滿意地說。

「周大元，也給你兩個。」班長有點灰心地說：「其實，真的假的還不是一樣，難道咱們還打算花掉它嗎——我起先拿了好些，後來想了想，都扔掉了！」

「也好！」李金福自嘲地聳聳肩膀。「死的時候，口袋裡有幾個銀圓總比沒有神氣些！」

班長以相同的口吻調侃道：

「不知道一個銀圓可以換多少冥票，據說在陰間沒錢也活不了的。」

他們蹺著身體格格的像一挺機槍似的笑起來……

濃煙又隨著風勢捲了進來，充溢著整個碉堡。

他們流著眼淚，嗆咳著，咒罵著，痛苦地拍著自己的胸膛，踢著腿……

方璞連忙打開水壺蓋，將自己和他們的袖口淋濕，吩咐他們蒙著鼻子。他啞著嗓子警告道：

「閉著眼睛，千萬別張開，不然，會給它薰瞎的！」

他又摸著過去，將排長額上的那塊手巾攤開，蓋著他的臉。

「啊！」他驚叫道：「溫度高得怕人呢！」

「我替他解開棉衣的鈕扣吧！」李金福微微地張著那雙被薰得紅腫而感到刺痛的眼睛，走過去……

濃煙好一會兒才散掉，他們急不及待地撲到槍洞口，深深的換著氣。

松林火場的範圍愈燒愈大了，山谷間瀰漫著紅色的煙雲，在天空中閃爍著，遠山在這曖昧的黑暗中時而浮現，時而隱沒……

林鳥又在拍著翅膀，繞著火場旋飛，囂叫……

「再燒下去，咱們就得脫棉衣了！」李金福說。

接著，是一次冗長的沉默。直到這位急躁的機槍手第二次不耐煩地用手拍打著牆壁時，班長才沉重地將那兩件令人憂慮的事情說出來。

「排長恐怕永遠不會再醒過來了！」他絕望地說：「這麼久了，副班長怎麼還沒有回來呢？」

十六

火勢蔓延著，接近黎明的時候，烈燄已經沿著小道逼近狹谷的隘口了。那些已經燃燒過的地方，現在呈現著一片暗淡的紅光，朦朧的在冒著煙；當那略為強烈的西北風從山脊上掃下來時，火焰又從那逐漸熄滅的餘燼上掀起來，再將那些濃煙和炭屑迴捲到山麓上……。周圍那深濃的黑暗，也彷彿被火光溶解了似的，變成一種稀薄的，半透明的液體，它向著這個燠熱、鬱悶的空間流瀉著，讓這個山谷塗染著道種迷濛的顏色。

那樹木燃燒的嗶剝聲，仍然令人厭煩地響著，單調而絮聒，像那些江湖術士的說詞……

副班長沒有回來。（也許他已經回來，也許他永遠不會回來了。）

周大元失神地站在槍洞前，已經好些時候了。當其餘的兩個同伴（排長在昏迷中）在等候的疲乏裡失去知覺之後，他始終沒有移動過。他只是麻木地僵立在那兒，向松林右角那個不可知的地方凝望著。他張著那雙灰暗而乾澀的眼睛，微微地翕動著鼻孔，嘴角鬆弛地垂著，除了火光在他的臉上躍動，他的神態沉浸在一種迷惘紊亂的思緒裡。

「他回來了，我便將所有的事情都告訴他。」他重複著這句話，千遍萬遍，直到他在不知不覺間停了下來。

他掙脫無數紛擾……

那些令他瘋狂的意念像雲霧似的籠罩著他，久久不散。他感到窒息，心臟痛苦地抽搐著，受著驚嚇；隨即，他又陷入恍惚迷離的狀態中了。奇怪的念頭接踵而至，剎那間消逝了；但，跟著又回到他的腦子裡來。這些思想和記憶都是短短的，毫無關聯的，它們隨意地闖進來，又走出去，除了有點類乎示威和恫嚇，彷彿並沒有任何意義……

現在，濃烈的煙屑又從槍洞灌進來了。他劇烈地彎著身體嗆咳著，及至他平復下來之後，他突然甦醒過來。

他顫慄著喊道：

「剛才我在做著惡夢呀，經過一段很長的時間呢！那個時候火才燒到這個地方，而現在已經燒過去了——」他急忙回頭去望望那凸出的交通壕的盡頭，再驚惶地返身望望地上的同伴，他發覺——是的，他是那麼清晰的看見，副班長已經回來了，正躺在入口的旁邊，於是他率真地笑起來，走過去，他用力搖著他的肩，他看見胸口上烏黑色的血漬，他發覺他的身體僵硬而冰冷……

「啊！」他顫聲叫了起來，像是那寒冷已經透過他的全身，他發著抖，牙齒格格地互相撞擊著。「——這……啊！不是他！不是他……」他狂亂地站起來，要想跑出碉堡去。

排長發出的囈語阻止了他。

停了停，他軟弱地回到槍洞前。

一個神奇而荒謬的幻覺突然又在他的心上顯現出來了……

他注視著副班長的眼睛，他從他的眼睛裡看見自己的狂喜和激動，他率真地笑著，傾著全靈魂的熱愛包裹著他，惟恐他會突然消失似的，他謹慎而機警地望著他，好久好久，才讓自己說出話來。

「我已經決定將這件事告訴你了，」他羞澀而又坦率地說：「你回來之前，我就這樣決定的。我覺得自己不該隱瞞你，因為你是最關懷我，和最親近我的人——你會恥笑我說這些話嗎？哦，是的，我知道你不會的，對任何人你都不會。你知道嗎，我不願意讓你和別人知道我的事情是為什麼嗎？啊，你別用這種眼色注視著我，我害怕呢！每當你這樣望著我的時候，我就會發抖，這並不是我膽怯，或者你會以為是由於我的健康太壞，甚至你會以為我的心臟和神經不正常……都不是的，我的身體從小就是這樣，時常害些小病，也許是由於母親太孱弱的緣故——她死了好些年了，為了生養我弟弟。那時我只有七歲。現在，對於她我是十分模糊的。從此以後，我便住到姑母家裡去，因為父親要隨著政府遷到漢口。唔，大概是在民國二十八年吧，在我的記憶裡，他並不年青，我開始認識他的時候，他最少也有四十歲了。他是喜歡靜坐的，彷彿屋子裡沒有他一樣，只有輕輕的咳嗽。那年他離開我的時候，他更蒼老了，他將我帶到姑母的家裡去，南京附近的一個小縣城；在那天夜裡，我很明白，因為我在偷窺著他們——他們發生了一點小小的爭執，似乎是因為我的緣故；第二天，他沒有和我說過一句話，像是怕見我……嗯，這兒我要補充一句話，他怕見我是有原因的，我很像我的母親。就這樣吧，他走了。我便和姑母生活在一起。而我這位姑母是一個孤獨而古怪的人，她是個寡婦，有點田產，雖然她住的這棟大房子只有她一個人，可是，她並不喜歡我。我是知道的，我很小就會窺察別人的神色，像我的母親一樣。她時常用板子責打我，這是她的習慣，她時常一個人在屋子裡，沒來由的，好像什麼都對她不如意。後來我要求她讓我住到學校裡去，起先她不肯答應，說是不放心；其實我知道她是因為住校的費用太大，而且，她的身邊會少了一個可以隨她使喚和生氣時發洩的人。一住到學校裡去之後，我很少回家（她的家），除了要錢，我幾乎是難得，而且害怕去看她的。而她對我報復了，她時常為難我——尤其是在金錢上，她要將我折磨夠了才讓我回學校去。而學校裡，也不是一個安全的地方，同學們欺侮我，他們說我是那個妖怪（指我的姑母）的養子。有些時候，甚至老師也對我有點輕視；其中以那個面目可憎的日文教員對我最不順眼，因為我不願意唸日文——你不會知道的，淪陷區的學校是強迫著唸的，而且還是主科。有一次他用戒尺打我，要我說出不肯唸的理由。我沒流眼淚，雖然我時常偷偷的哭，可是那一天我沒有，我倔強的站著，由他打。最後，我說了，我說因為我是中國人，而且，我的父親是中央政府的官員，所以我不肯唸日文。他怔著，所有聽到我說這話的人都呆著。後來他青著臉走了（先紅而後青），當天晚上，學校派人把我送回去。自此之後，我的姑母對我更變本加厲，她愈加虐待我。漸漸地，我知道反抗反而使自己受苦，於是我學會忍耐。晚上我偷偷地到一位老師的家裡去補習，這是他找我去的，他十分同情我。這樣過了幾年，我沒有收到過父親一封信，而姑母每次提起這個問題她都顯得不耐煩，她詛咒父親和我那死去的媽媽，然後又打我。不管怎麼樣，我開始痛恨我的父親了，這種情緒逐漸加深，直到抗戰勝利，他從重慶回到南京來，我依然對他抱著這種仇視態度。我回到家裡之後（一個新的十分體面的家），才知道我已經有一個新的母親了，她是和父親在重慶一起回來的。她的年紀不大，要比我的母親美麗。」說到這個地方，周大元停下來。

「我的母親也很美麗呢！」他自語著說。然後淒涼地笑笑，向副班長的幻影又喋喋地說下去：「她是一個很了不起的女人，她將這個家裝飾得像一座花園一樣，接待著好些體面的客人——父親那個時候在政府裡擔任要職，他儼然是一個偉大而成功的人物了。說也奇怪，姑母從來沒有到這個家裡來過。父親曾經要我帶些禮物去給她，她鄙夷地睨望著我，將那些禮物摔了一地，咒罵著父親。她說父親是一個卑鄙齷齪的老怪物，要遭天譴的。這時候，我發生了個奇怪的念頭，我反而同情起姑母來了。不過，在父親的面前我不說，我只是表現在行動上。父親也和以前一樣，很少和我說話（幾乎是避不見面）。但這位新的母親卻不然，她攏絡我，替我製新衣服，送給我一支金套的鋼筆和手錶；她時常和顏悅色地替父親向我解釋，她能夠說出好些種理由讓我相信她說的都是實話。可是，我沒有任何表示——在姑母那兒我學會了這種態度。除了自己，我不再關心任何人，我變得自私、冷酷。我憎恨這個家裡所有的人……」

他的臉汗濕了。他低下頭，思索著繼續說：

「我漸漸長大了，每次我憶起唸日文時的那種情景，我便愈加厭惡家裡的生活；我不明白這之間有什麼關連。不過，這是真確的。我幾次想要出走，但，我沒有勇氣。從小我就害怕這個社會，我不相信這個社會有安全的地方。當然，這是因為我從未離開過家——這就是說我從未離開過別人的保護，我有一種不可告人的自卑和懦怯……唉，不可解的矛盾！其次，我常常在報紙上讀到戰爭的消息，以及那些令人寒慄的報導，所以我始終不敢下這個決心。我這偉大的理想（僅只是理想而已）沒有實現，共軍渡江了。這次，父親竟然沒有跟政府到廣州去，我這位新的母親不讓他去。這期間，那就是『解放』的初期，父親像是頗得共產黨的信任，依然能夠保持著自己的地位，還掛著好些某某部委員之類的頭銜。可是再過些時候，情勢完全改變了，父親整日憂鬱地呆在家裡（和十幾年前一樣），這位新的母親卻異常忙碌，很少在家。無論對父親或對我，她的態度都是冷漠的，彷彿變換了一個人。沒多久，和許多靠攏份子一樣，父親被捕了，我被逐出來。出人意外的竟是姑母收留了我。這個時候，她的田產和房屋都被清算光了，她住在一間小平房裡。雖然她仍然時常生氣，可是對於我，她不再責罵和毒打了，幾乎是盡其所能的愛護著我。一天夜裡——三個月後一天夜裡，我突然聽到父親和姑母低聲在爭吵，起先我還以為自己作夢，後來才知道這是真實的。父親憔悴而蒼老，他破例地拍拍我的肩頭，我發覺他的神情十分不自然，他注視著我，手指和嘴唇在微微的顫抖著；他抑制著將要滴下來的眼淚，用一種慈愛而悔恨的聲音（我想是這種聲音吧）向我說了一些話。於是姑母開始替我和他收拾——其實，什麼也沒帶，只不過換了一套更破舊的衣服而已。然後，姑母生著氣，將一些錢和金飾放到父親的手上，又開始咒罵起來。以後……」

他疲乏地垂著頭，沉默了好些時候，才沙嗄地說：

「我只能簡單點說，而且，這些都是不必要的。總而言之，我們終於逃了出來……」

於是，他沉默下來，陷入陰鬱的意態裡。

火勢在繼續蔓延著……

這個時候，黑暗已經變成一種無光澤的鉛灰色了，山谷和遠山的輪廓漸漸在朦朧的光暈中呈現出來，那些蓋在上面的紅色的煙雲，也跟著變為灰黑色，而且密密地凝著不動，像是暴風雨前天空中積壓著的烏雲一樣。

周大元無意識地望著前面逐漸透白的天角，昏迷地呢喃道：

「不幸就是在這個時候發生的！」他本能地將眼睛閉起來，將頭埋在手彎裡。「我們逃入內地，廣州失陷了，於是父親決定由雲南到越南，再坐船到臺灣去。在貴陽，他得到朋友的支助——他捏造許多事實去表明他對政府的忠貞，那位老實的官員被他的話感動了，他送給父親一筆足夠到臺灣去的旅費，還替我們在一輛到昆明去的貨車上找到兩個位子。啊……」他突然渾身顫抖起來，哽咽著，他在心中沙啞地喊道：「——我不能說下去！不能！我不能！是什麼魔鬼附著我的身體啊！我為什麼會做出這種罪惡的事呢？太可怕了，太可怕了，啊！我不能說下去……」

正當周大元不能自解的時候，炮聲驀然從狹谷下面吼起來，一發炮彈拖著可怕的尾聲在碉堡的左角爆炸了。

碉堡被劇烈地震撼著，那些睡著的人被拋離地面，沙石和泥塊從頂上那些鋼架與木條間落下來，充溢著塵埃和煙硝……

周大元昏惑地從地上爬起來，他搖了搖被震得暈眩的頭腦，然後出奇地望著在驚惶中跳起來的方璞和李金福。副班長呢？他只是這樣想了想，便從那冗長的惡夢中甦醒過來。

「啊，」他受著驚嚇地叫道：「我剛才在對著他的鬼魂說話呢！我喋喋不休的在說些什麼呢？我說出聲音來的嗎？」他疑惑不安地望著班長和機槍手，問著自己：「他們會聽到嗎？」

第二發炮彈來了，在碉堡的後面爆炸。大量的泥土被推進碉堡裡來，阻塞著它的入口。

「臥倒！」班長叫著，他撲過去將排長的身體推近壁腳，用身體掩護著他。

李金福唾吐著嘴裡的泥沙，憂心地說：

「這是重炮呢！」

炮彈的爆炸聲在山谷間迴盪著，逐漸遠去……

「七五山炮！」班長肯定地說：「準是他們的主力到了！」

班長的話還沒完，第三炮接著又來了……

十七

天亮了。戰鬥亦隨之進入一個悲慘而瘋狂的階段。

叛軍的主力部隊是一個加強營，他們很快的便展開了攻勢。由於松林被火切斷，所以他們不得不將陣線移到土岡那邊去，而那門使碉堡感到嚴重威脅的七五山炮，卻在狹谷的隘口，因為它與碉堡的距離實在太近了（一千公尺左右），所以，它簡直是對著碉堡平射的。如果前面有障礙的話，它就要變成一堆廢物了——除非它向後撤幾千公尺，甚至更遠一些，使炮彈的弧線彈道越過那些障礙，然後再落到碉堡上來。不過，以這山谷的地形來說，這只不過是空泛的理論，炮兵們知道這是一件萬分困難的事，同時，命中碉堡的比率，更是微乎其微了。

因此，當第四發炮彈挾著一種摧毀性的威力，將碉堡右頂的沙袋拋起來（像漁船在海上撒一隻灰色的網）之後，班長就看出蹊蹺來了。他看見——隱約地看見隘口那門粗短的山炮，炮兵們在忙碌著……

他急急地叫起來：

「李金福！」

「什麼？」注視著土岡的機槍手問。

「你看見了嗎？喏，松林和土岡中間的那個小缺口，那門山炮！」

「啊，是的，就是那門鬼東西！」

「你將表尺定在一千公尺上，」方璞命令著：「掃！別讓那些傢伙安安心心的瞄準咱們。不然，遲早總會有一炮在槍洞口鑽進來的！」

李金福開始向那個地方掃射起來……

他們看見那些灰色的蛆蟲跑開了，有幾個伏倒在地上。機槍手得意地笑道：

「來吧！一千公尺粉靶，老子是拿過錦標的！」

炮又響了，低了一點，打在碉堡下面的小樹叢上。

「馬上掃，別讓他們有功夫裝炮彈！」班長一邊叫，一邊抬起頭。

可是，塵土和煙硝迷漫四週，等到散開後，炮聲緊接著又吼起來。

這一發更差勁兒——偏右。

李金福不滿意地鼓紅著臉咒罵：

「這些雜種連炮都打不來呀！」

「山炮打這樣短的距離，我還是第一次聽見呢——原諒他們，他們已經把它當平射炮幹啦！打個比方吧，你聽過用迫擊炮打飛機的嗎？」

李金福笑笑，繼續向狹谷的隘口射擊著……

山炮沉寂了一些時候，土岡那邊的火力開始猛烈起來，子彈像冰雹似地落在四周。……

「他們開始攻擊了！」班長沉鬱地說。

「咱們分不下身呀！」

「這樣吧，」班長接著李金福的話，不假思索地說：「周大元，你和我守住土岡那邊，反正它是光禿禿的，他們絕對不敢亂衝上來。你呢，」他用手比劃著。「你只要釘著這門炮，要緊的還是這門炮！」

「這不是長久之計呀！」李金福憂鬱地接嘴。

「只要能夠堵住一個鐘頭！」

李金福望著班長神秘的笑臉，不解地重複他的話：

「只要能夠堵住一個鐘頭？」

「你沒注意到嗎？」

「注意什麼？」

「松林的火！」

「火？」機槍手糊塗起來。「現在已經天亮啦！」

「你的腦筋太不管用了！」班長神情激動地說：「你看，火頭不是開始燒過去了嗎，絕對沒問題，現在有一點風——西北風，火煙和熱氣都向著他們那邊吹……」

「你以為會薰得死他們？」機槍手不以為然地截斷他的話。「要是薰得死，咱們昨兒晚上早就躺下來啦！」

「你別急呀，我說的不是這個意思——啊！快點，他們又要來了！你只要不讓他們靠近那門炮，就成了！」

機槍隨即響起來……

叛軍的炮兵又走開了……

班長望望周大元。

「周大元，」他說：「如果他們不爬上來，就別去理他們——你得當心點啊，聽見嗎？靠在牆邊就可以了，不要老是把頭擱在槍洞上！」

「是的。」二等兵輕輕的回答。

方璞向李金福繼續他的話：

「像這樣燒下去，最多一個鐘頭，就要燒到隘口了。你想吧，他們的那一門炮還能夠擱在那兒嗎？」他停下來，像是等別人回答，但又接著說下去：「不用說，他們非要拖走不可——那兒母豬都烤得熟呀！好啦！拖到那兒去呢？後面嗎？起碼也得砍掉百把棵樹，才能發炮！所以他們只有一條路就是拖到土岡上……」

「啊！是的！」李金福恍然大悟地大喊道：「土岡，咱們就不怕它了，他們連一點掩蔽的地方都沒有呢！而且，距離又縮短了一截，他們連鋼盔的頂都不敢多露一點出來，何況這樣笨重的一門山炮呢！」

「只要去掉它，他們的人再多一點，咱們都不在乎了——還不是像昨兒晚上一樣！」

「不過，」李金福多慮地說：「咱們的彈藥……」

「節省一點，也許可以支持到中午的——完了再說吧！」

隨後，山炮斷斷續續地響著，有一發正好擊中碉堡，他們被震顫得翻騰起來，在這一瞬間，他們全失去了知覺……

李金福在煙硝中爬起來，搖著暈眩的腦袋，邊掩著嘴嗆咳，邊憤懣地咒罵道：

「你媽媽的！對準你老子的腦袋再來一炮吧！如果打中了，不鼓掌的就是你兒子！」他在迷茫的煙塵中洩憤地射擊著，又嗆咳起來。

陷入昏迷中的排長現在開始呻吟了，班長向他爬過去，將水壺裡剩下的水緩緩地灌進他的喉管裡去。他用那塊已經乾了的毛巾替他揩拭著臉上的泥土，然後摸摸著他的額頭。

「他還在發著高燒呀！」他搖搖頭，嘆息著。於是又拿起他那滾燙的左手，看看他腕上的手錶。那隻錶已經停了，指針指著九時七分。他想：也許是剛才被震停的，那麼，他們死守著這個狹谷，已經有二十個鐘頭了，他又望了望排長，然後站起來，痛惜地說道：

「如果在這四個鐘頭之內，他不醒過來的話，那麼現在他要算是已經死亡了！」

天已大亮了，陰霾。山谷頂上的天空低低的壓著灰色的雲塊；松林的火勢蔓延著，雖然仍然那麼熾旺，可是現在看起來，像是十分黯淡無力似的，暗紅色的火舌在煙霧中搖著，忽上忽下的吞吐著……

一陣強烈的風將火頭揚起來，將烏黑的濃煙捲到狹谷的隘口和土岡那面去……

「來呀！你媽媽的！不鼓掌的是兔崽子！」李金福狡猾地訕笑道：「來呀，再來一發，要瞄準你老子的腦袋，沒把握的話，就別丟人——回去練好了靶再來！」

「得了，」班長微笑著：「他們會聽得見嗎？」

「管他聽不聽得見，現在不罵，等會兒死了，就沒機會罵了呢！排長的話：做人要把握時機呀！哦——他怎麼了？」

「沒希望，還沒有退熱的意思呀！」

「但願他在死之前能夠再醒過來！」

「誰不是這樣想呢！」班長望望下面煙霧迷漫的狹谷，思索著說：「照這樣，只要一刻鐘就夠了！」

李金福的眼睛裡發出一種奇怪的光澤。

「一刻鐘，太長了！」他慘澹地說。

班長驚訝地望著他，不說一句話。

「太長了！」他喃喃地重複著。

對於機槍手這種突如其來的情緒，班長困惑了。他的心裡有一種落寞和孤獨的感覺，久久，他才深深的吁了口氣。

「什麼思想在擾亂他呢？」班長想道：「他為什麼要說出這種消極的話呢？難道他已經窺見什麼不幸的事情要來了嗎？」

於是，他輕聲問，像是在問著自己。

「李金福。」他望著他的眼睛。「你覺得……」

機槍手用苦澀的微笑阻止班長的話，他解釋著說：

「這種想法是很可笑的，沒有別的意思，只不過是一時的感觸而已。」他停了停，又說：「現在，我又覺得時間過得太快了，我三十多歲啦，想起來不是跟昨天的事情一樣嗎——真令人洩氣！」

他們沉默著，沉浸在悲愁和悵然若失的思緒中。

驀然，炮聲在瀰漫著煙霧的隘口吼起來，幾乎是在同一個時候，彈頭拖著一種可怖而嘈重的嘯聲沉落在碉堡的前面。泥土在地上被翻騰起來，在爆炸中隨著破片和石塊在空中飛舞著，向四周伸延著它的威力。無數被燒灼的，冒著絲絲白煙的碎屑朝著碉堡正面的機槍洞噴射進去……

「啊呀！」李金福尖銳地發出一聲慘叫，用手蒙著臉，滾跌在地。他隨即掙扎著站起來，他向兩邊伸開他的腿，讓自己站穩一點；他張著那顫抖的沾著血漬的手，來回地扭動著自己的頭，像是在碉堡裡尋覓著什麼似的。忽然，他用一種彷彿並不是由他的喉嚨裡發出的聲音喊道：

「我的眼睛，怎麼啦！我的眼睛？——」他將手放在眼前晃動著：「我看不見！我什麼都看不見啦！」

班長和周大元驚駭地瞪著他的臉，臉色慘白，連氣都沒有透過來。他們看見李金福的臉痙攣著，像長著斑疹一樣的有好些被灼傷的地方，滲著鮮血。他的眼睛可怕的張著，無光的，滯著不動，像死魚的眼睛。

「我的眼睛！我的眼睛！」他叫著，將身體貼近牆壁，嘴裡不停的唸著這句話。突然，他兇暴地像一條受傷的野狼似的吼起來。他匆遽地在地上摸索著，拿起兩個手榴彈放到嘴上，很快的咬開拔銷的鐵環，然後類乎癲狂地向碉堡的出口衝過去……

「我的眼睛！眼睛！」他發出一種撕裂的聲音。

他被地上的屍體絆到了，又忙亂地爬起來。

班長急急地過去用手緊抱住他。

「李金福！李金福！」他制止地喊著他的名字。

他橫蠻地掙扎著，暴跳著。

「放開！放開！」他痛苦地哀求：「放開我啊！班長！你讓我出去吧……」

「李金福！你靜下來聽我說……」

「放開！」他用腳將方璞踢倒，連忙返身走，可是又被對方捉住他的腳，於是他又猝跌在梯級的泥堆上。

「聽我說！你聽我說！」

「放開，班長！」他嚴肅地警告著：「要不然……」

方璞並不理會他，正想爬過去摟他的腰，他猛然扭轉身，用腳再將班長踢開，隨即衝到碉堡外面去……

班長要追出去，可是已經來不及了。他已經爬出交通壕，向斜坡奔跑下去。於是班長又返身撲到槍洞的前面，叫喊起來。

李金福舞動他的雙手，邊叫嚷邊瘋狂地奔跑著，他不斷地猝倒，滾跌，但又再爬起來，繼續跑……土岡上的機槍開始向他掃射了，子彈在他的周圍跳躍著，他中了槍彈，滯重地將腳步停下來，跪倒，又勉力掙扎著站起來，蹣跚了幾步，緊密的槍彈掃射過他的腰和胸膛，他的背飛濺著血，但他仍然挺著腰站著。他要想扔開手榴彈，可是已經無能為力了。機槍繼續在掃射，他的右手從肩上垂跌下來，直到手榴彈在他的腳邊爆炸，他才消失在斜坡上。

方璞緊緊地閉起眼睛，將頭埋在自己的左臂上。

「李金福！李金福！」他低聲喊著。

驀地，他揚起頭，用噙著熱淚的眼睛激動地瞪著僵在一旁的周大元，斥責道：

「你為什麼不過來幫我抱住他呢？你這個沒出息的東西！你看見嗎！他是怎麼死的？」眼淚已經流過他的雙頰。「——怎麼樣，這種死法很動人吧！」

周大元不響，他定定的凝望著班長，彷彿他並不認識這個人似的，臉上毫無表情。可是，他忽然劇烈的痙攣起來，有一種詭譎的什麼在他的生命裡燃燒起來，他的眼睛露出一種惶惑而驚懼的神色。他開始乖戾地獰笑著。

「是很動人的！」他冷冷地說，彷彿不是他的聲音：「哦！副班長也是這樣死的嗎？」

班長狐疑不安地望著他。

他陰沉地將眼睛瞇起來，緊緊地抓著手上的槍，夢囈似的唸道：

「別過來，我會開槍的，你明白嗎，我用的是右手——你不相信嗎？好，你看吧！」周大元認真地將子彈上了膛，將槍口對著班長。「我要你相信我是用右手扣扳機的！」

班長鎮定地喝道，聲音有點顫抖。

「放下槍——你瘋了嗎？」

周大元震顫了一下，不知所以地望望手上的槍，昏亂起來。他想：

「我在做什麼呢？」他問自己。但，他不能解答，他不了解這問話的意義。

土岡上叛軍的火力愈來愈猛烈了。他們同時回轉頭。在這一瞬間，剛才那個可怕的思想又回到周大元的腦子裡。他用一種不懷好意的眼色睥睨著班長。

「是他嗎？」他輕聲向自己說：「給他點顏色看看吧！你一定要讓他明白你是在用你的右手呀！」

於是，他用力扣動步槍的扳機，槍彈從班長的身邊擦過，打在牆壁上。

槍聲使他驚駭起來，他發出一聲慘叫，但，跟著又怪聲狂笑起來。他看見無數奇怪的幻象在他的眼前升浮過去……

最後，他看見副班長和李金福那血肉模糊的臉，那被彈片撕碎的身體，像絞首架上的屍體一樣，搖晃著。忽然，他們向他伸出手，撲過來……

「噢……」他驚叫著，返身向碉堡的出口奔逃過去。

班長搶前一步，攔住他。他兇猛地推開班長的手，拉開步槍的扳機，而當他正想推上去，對班長發射的時候，班長急急地扭動他的手拐，用手上衝鋒槍的槍托去擊打他的下顎。

他發出一聲短短的呻吟暈倒在地上。

班長深深的吁了一口氣，疲乏地垂下頭。

外面，土岡上的槍聲愈來愈猛烈……

十八

情勢已經進入一個令人難堪的階段了。

方璞茫無頭緒的回到李金福的位置上，他搖著機槍，擊退了一次小小的，試探性的攻擊。當雙方的火力低弱下來的時候，他才發現狹谷的隘口已在燃燒中了。

「這是他們在這個地方所發的最後的一發炮彈！」他悲傷地自語道：「這一刻鐘實在太長了，如果短一點的話，李金福……」他望著斜坡上機槍手死亡的地方，彷彿從那兒窺見自己的未來似的，他打了一個寒噤。

「咱們都是一樣的，」他平靜地說：「我只不過比他遲些時候罷了！」

現在，狹谷的隘口已消失在火燄和煙霧中了，土岡像是部隊偷襲時發射的煙幕彈似的，被濃厚的煙霧籠罩著，從碉堡望下去，只能隱約看見土岡接近斜坡的邊緣，幾乎能很清楚的聽到敵兵們嗆咳的聲音。

他望望左右。

「只有我一個人了！」他在心裡喃喃地說。一種沉重的孤獨與落寞之感落在他的心上，他感到窒息。他忽然發生一個要想與人談話的慾望，即使那是個最使他憎惡和痛恨的人，他也覺得要比目前這種寂寞易於忍受。他回頭去看看排長和周大元，前者深陷於昏迷中，發著高熱，他不斷地含糊不清的說著囈語，磨著牙齒，並沒有好轉的跡象；後者仰臥著，下顎和頰邊有被擊打的傷痕；他的手上，還緊緊的抓著那支步槍。

「這是件頭痛的事情呢，」班長焦慮地望著暈厥的周大元。「他的神經已經失常了；在火線上，常常發生這種事：被炮震昏，同伴的死亡，或者一種奇怪的聲音刺激——這就毀掉了！」他過去拿開他手上的槍。「他要醒過來的，對於這種瘋狂的人……這樣吧，將他捆縛起來！」

可是，他隨即又打斷了這個念頭。回到槍洞前。

「讓他醒過來再說，我相信我能夠制服他的。」

敵兵開始蠢動了，有一部分已經借著煙霧的掩護爬過土岡。班長並不十分注意這些事情，好像這都是不足道的小事，他只是那麼誠篤地專注於自己的思想……

他望望灰沉沉的天，和前面被低低的雲塊所遮蓋的山巒。

「這是個壞天氣，不然，我一定能夠很準確的知道現在是什麼時候了——唔，大概是十點多鐘吧！這個時候在部隊裡，正是出操的時候……他們現在已經怎麼了呢？已經到了緬甸的邊境？紮下來打游擊？還是向左面繞到越南去呢？聽說全軍是順著滇越鐵路退入越南的……」他向自己說：「我贊成打游擊，到臺灣去當然最好，只不過隔了一個海，太困難了；如果打游擊的話，倒可以隨時隨地讓林彪和盧漢這兩個雜毛吃點苦頭！唉！不過……」他頓然心灰意冷起來，他摸摸自己的額角。「──我是沒份兒了！這幾個鐘頭，誰能預料呢？雖然那門山炮已經使不出勁，可是，他們就不會借這個機會將它拖到土岡上，等到那些煙霧散開一點的時候，就給我們猝不及防地來一炮嗎？」

他靜下來，開始相信自己的推測了。

「一炮就夠了！」他大聲說。聲音在碉堡裡旋轉著。等到這種音響漸漸沉寂，他忽然問自己：「萬一他們不這樣呢？」

「你放心好啦！我會守住的──哦，你是說彈藥不夠嗎？」他凜然地宣示道：「就算連一個空彈殼都打完了，我也要守到最後的一秒鐘，才讓這些雜種過來的！」

排長又發出低弱的呻吟了，他過去要想給他喝點水，可是水壺全空了，他將那幾滴剩餘的水去潤濕他那乾裂的嘴唇，然後以一種憂愁的目光注視著他的臉。過了些時候，他悔恨而愧疚地輕聲說：

「我是不應該這樣對他的！」

但，又有一種執拗的力量緊扼著他的心靈。

「饒恕他嗎？不能！絕對不能！」他反覆地說，臉上浮起一層不能自制的痛苦的神情。

他軟弱無力的站起來，惘然地回到槍洞那邊去。當他再定下神來，才發現好些敵兵已經爬到山麓下了……

霎時間，他又充滿了自信和力量。他屏著氣息，瞄準那些敵兵的身體，發著短射擊……格格！格格格！格！格格格格……

「我一發子彈也不能浪費的。」他說。

十九

「我一發子彈也不能浪費的。」班長說。

這時候，周大元從虛無的暈厥中甦醒過來：但他仍未十分清醒。他靜躺著，望著碉堡的圓頂，隨後他向兩邊望望，當他看見班長在彎著身體搖動著機槍，他開始明白了。可是對於自己為什麼會躺在這兒？躺了多少時候？依然是一無所知。他思索著，並不想馬上站起來，而且，他感到一種罕有的疲乏，使他失去了一切力量。

突然，他覺得下顎和臉頰有點疼痛，他伸手去撫摸。像是有片斷的，不連貫的思想，在他的腦海裡游過。他不想捕捉，只是等待著，等待著一個完整的記憶游進他意識的網裡來……

「其實，想不起來未嘗不是一件好事情，」他想：「過去的事情大多是令人難堪的呢！」

他緩緩的閉起他的眼睛，舒坦地伸張著他的雙手。他觸摸著地上的泥土，子彈殼。突然，他的右手摸到一個物體，冰冷，堅硬——他摸著何宗寶的頭。這是什麼東西呢？他好奇地問著自己。於是他細心地用手指去辨識它的形狀，他摸著死者的額，鼻子和耳朵……

「啊……」他驚懼地縮回他的手，顫抖起來。

他所等待的，完整的記憶游來了……

碉堡開始旋轉了，無數色彩和音響被捲進一個黑色的漩渦裡，然後深深地沉下去……

「就是這樣的！」他的靈魂急急地喊道：「完全一樣的，我伸出我的右手，緊緊的掐著他，掐著他……」

停了停，他重又張開眼睛，凝視著眼前的幻影說：

「副班長，這是真的呢——你不相信？哦，你要我再說一遍嗎？好吧！」他在心裡垂下頭。「我只能簡單一點說……呃，我是向你說過的，我和我的父親搭乘一輛貨車，由貴陽到昆明去。那是一輛破舊而裝載過重的車子，我們坐在貨物上——以那個時候的情形來說，這已經是十分幸運的了。同車的還有十多個逃難的難民，父親始終沒有和他們攀談過。他是很自私的，他替他自己安置了一個相當舒適的位置（他搬開一個沉重的麻袋，讓自己坐在那個空隙上）；沿路，他像是很開心。我知道他開心的原因，我在他身邊聽到的，他從貴陽那位官員的嘴裡，知道他以前的一個部屬現在正在雲南，據說還擔任要職。所以曾經有過兩次，他認真地警告我（在他喝了酒之後），不許我亂開口，這不是一件很可笑的事情嗎？我從來沒有覺得他的事情對我會發生什麼關係的。我聽了，不響。他接著又告訴我許多他虛構的事情，要我去欺騙那些問我的人。當然，這些話是非常動聽的，他將他描繪成一個神。我說不出我對他的憎惡，這個時候，我才開始認識他的面目——魔鬼般醜陋的面目。曾經有好幾次，我要將自己的感覺說出來，但，我又怕觸怒他。我知道平常不露笑容的人，他發起怒來也是不會露出來的。這也許就是後來我同情我的姑母的原因。我處處提防他，而他也不斷地用那種陰鬱的目光窺伺著我。我假裝不注意這些，可是，我更加對他的為人發生懷疑。我想起我的母親，於是，那天晚上——地名我忘了，總之，快要到達昆明了。在晚飯的時候，我問他。其實，我是無意的，只是看見他喝著酒，愉快地微笑著的緣故。他聽了我的問話，臉色變得灰白，他憎恨地盯著我，惡聲質問道：

「『那個老妖怪向你說些什麼？』

「聽到他用『老妖怪』這三個字罵我的姑母，我突然激動起來。我從來不知道自己有這種反抗的勇氣；尤其是對於我的父親。我記得我說話的聲音很大，旁邊的客人（那是在一家小飯館裡）都望著我。我一點都不覺得害怕，彷彿如果不全部將它說出來，我便會遭到大難似的。我把姑母咒罵他的那些話都說了出來，我敢擔保一句也沒有遺漏，因為我時常將那些話放在嘴上唸的。我說完了之後，他氣得渾身發抖，他重重地放下他的酒杯，厲聲叫著：

「『你給我滾到她那兒去吧！』他重複著又嚷了一遍。

「我不說一句話，站起來離開他。我在那條小街上走著，只是走著而已，我並不知道自己要到哪兒去。而他卻追上來了。

「『跟我走吧！』他瘖啞地說。

「『……』我不回答。

「他拉著我的手，悲傷地說。聲音裡有淒涼的意味：

「『我是你的父親啊！』

「於是我又默默地跟他回去了！唉，我為什麼在當時想不出一個不跟他走的理由呢？如果我不走，那麼他……也許這件不幸的事情便不會發生了！」

這邊，班長向爬上山麓的敵兵掃射著，剛才那次以煙霧作掩護的攻勢被撲滅了。因為在這種角度下，幾乎沒有人能夠逃出這挺重機槍的火網的。而現在，第二批敵兵又湧上來了。這種戰術顯然是跟昨夜的完全相同，他們的目的在於消耗對方的子彈；而他們「只不過是損失一些人而已」，等到碉堡裡的子彈打完，那麼他們便算是「勝利」了。

松林仍然在燃燒，白煙在右面那焦黑的，即將熄滅的火場冒起來，被風吹到土岡那邊去……

周大元深深地陷入回憶的泥淖裡。他看見副班長以一種沉肅的神態站在他的面前，注視著他。他怔忡不安地跪在他的腳邊，懇求道：

「你相信我吧，我說的都是實話！」

他覺得副班長沒有回答他的話。於是他著急地繼續說，同時向他伸出他的右手。

「你為什麼不肯相信我的話呢？我是用這隻手掐死他的呀！我敢發誓，你看看，它在發抖了……」他急急地將手收回來，在心裡喃喃道：「你一定要堅持的話，我只好向你說了，因為除了你之外我不求任何人的饒恕。」他頓了頓，又開始敘述下去：

「——從那天晚上開始，我再也沒有跟他說過一句話。而他呢，也很少看我。我不是跟你說過，他怕看我的嗎！對了，完全是那個原因。第二天，他像是害著病似的，臉色壞得駭人，他坐在他的那個洞（那麻袋的空隙十分像一個洞）裡，好像埋了進去一樣。他一聲不響地頹坐著，似乎在想著一件相當嚴重的事情，不時輕輕的嘆著氣。我偷偷地望他，沒有一點憐憫他的感覺。下午過了盤縣，同車的人說最遲明天早上就可以到昆明了。他的神情彷彿也好了一點。誰知道在一個下坡的彎道上，車子突然翻了下去……

「我再醒過來，才知道自己被壓在那些貨物下面，幸虧我的身體正好伏在一條乾了的小水溝裡面，傷得很輕，只是一點也不能動。突然間，我聽到身邊有人呻吟起來；我聽出這就是我父親的聲音。從那個聲音裡，我知道他受的傷一定很重，而且還是被貨物壓著的。我想抬起頭，但抬不起來，我不能看見他，可是那種呻吟聲就像是在我的耳邊發出似的。我喊了他幾聲，他沒有回答，只是那種聲音越哼越令人寒慄；再過一些時候，我已經不忍心再聽下去了。我忽然想到一個怪念頭：認為他是沒救的了，與其聽著他這樣痛苦地慘叫，不如我設法讓他快點死，在他在我，都會好受一點。於是我開始伸出我的右手，在那些麻袋的縫隙裡去找他，因為我已經確定他就在我的附近，不會離得太遠。果然我已經摸到他了，他被壓在那些沉重的貨物的中間；最初，我摸到他的胸口，它可怕地跟著他的叫聲起伏著，而且有些溫暖而發黏的液體——那是他的血。道個時候，他的呻吟聲我已無法忍受了，我盡量伸出我的手去掐緊他的脖子，他的呻吟被窒息住了，不過他的喉骨卻上上下下的跳動著，發出一種輕微的嗄聲，他渾身發抖。一會兒，他劇烈地痙攣著。然後，整個鬆弛下來……

「我鬆開我的手，他已經死去了，沒有一點聲息。突然，一個新的意念襲擊我，我感到害怕起來。我發現我是因為憎恨他而殺他的，其他的，都是些為了掩飾自己的罪惡的理由。我收回手，發現上面沾滿了父親的血液，我的靈魂被罪惡所絞痛，我甚至要想用它（我的右手）再將自己掐死。我想：如果我不將他掐死，他也許還有救的。但，悔恨又有什麼用呢，一切都遲了。那時我是那麼渴望著能夠再聽到他的呻吟，和那種令人慄然的慘叫。然而，我不能再聽到什麼了，遲了，遲了……」

他痛楚地垂下頭，結束了他的話。

「你並沒有殺死他！殺死他的，是他自己！」他聽到自己的聲音在說。於是，他惱怒地叫道：「你這個偏狹、自私、塞滿了罪惡的魔鬼！你還想抵賴嗎！你右手上的血漬是永遠洗不掉的！你聽著，」那個聲音接著厲聲說：「——良心是最好的證人。我相信你是用你的右手將你的父親掐死的，但，他卻不是被你殺死的，如你最初的那個念頭一樣，你只不過替他減少一點痛苦而已。後來你不是親眼看見他是被壓成什麼樣的嗎？你以為自己假如不將他掐死，也許他還有救活的希望；由這一點，我能證明你是愛他的，你是十分尊敬他的。還記得吧，你對那個日文教師說的那些話？我記得那天你是理直氣壯的站著說，因為你的父親的確是中央政府的官員，你因他而感到驕傲。可是，這位使你驕傲的官員回來了，你的痛苦也開始了。他就是你的父親嗎？他終日飲宴，陪伴著那個美麗的女人，政府撤退的時候，他動搖了，他不跟政府走，留了下來，為什麼？為了要保住個人的權勢和地位，捨不得這種養尊處優的生活和那個美麗的女特務；他出賣黨國，甘心做共產黨的走狗。因此，你覺得羞恥，後來你看見他怎樣向你的姑母求助，在貴陽和到昆明的路上，你聽到他說那種令你憎惡的話，你憎恨他——這種人不值得憎恨嗎？如你的姑母所說，他的死是遭天譴的，罪有應得。我問你：誰是殺他的兇手？」

「…………」

「現在你總該明白了吧。殺他的兇手是共產黨！是他的昏庸和奸婪！並不是你。反過來說，這種人對於國家民族，對於這個社會，甚至對於一個家庭，又有什麼益處呢？難道你還希望他再回到政府裡去，繼續做他的官嗎？如果你惋惜和同情他——我知道你已經饒恕他了，因為他是你的父親——那麼你也同樣的惋惜和同情所有被共產黨殺戮的人民嗎？」那聲音激昂起來：「誰殺了你的同伴？誰殺了何宗寶？誰殺了副班長？李金福？——是誰？也是你嗎？而你，和這碉堡裡還活著的人，在中午一點鐘以前，也要離開這個人世了，你也惋惜和同情你自己嗎？——誰殺了你們！誰殺了你們？」

那聲音挾著一種威嚇的意味，重複最後的那句話，而且，不斷地擴大，擴大……

周大元受驚嚇地醒過來，他大大的張著眼睛，感到暈眩和焦渴。他的心跳得異常劇烈，渾身浸在汗液裡，同時，還微微地發著抖。

他歪過頭，發覺班長正在有點忙亂地搖著機槍，他敏捷地轉動著他的身體，忽左忽右地擺動著，像一個風中的稻草人一樣。

「你還不趕快站起來！躺著幹什麼呀！」周大元對自己說：「把你的勇氣拿出來吧，我知道你並不是一個懦夫——那次你是怎麼站著對那個日文教師說話的，現在你怎麼樣站起來吧！現在，你已經明白你的右手是沒有罪惡的了，那麼你要瞄準一點，用它去扣板機……」

「要用它去扣扳機！」副班長的聲音插了進來。

「這是他的聲音。」他繼續說：「你要替他報仇！還有李金福！你應該這樣做的，這也是為了你自己呀——起來呀，班長正需要你呢！你聽，槍聲……」

戰爭在慘烈地進行著……

在第三次撲擊被粉碎之後，曾經沉寂了一些時候，現在，叛軍又來了。但，這次和以前的三次都有點不同，他們的重機槍（最少有六挺以上）全部加入戰線：在佈著煙霧的土岡上向碉堡掃射著，發著長射擊，企圖壓住碉堡的火力。而那些敵兵，以六十度角的扇形在土岡上散開，由左面的山腳到正面的斜坡，圍著碉堡。

班長左右擺動著機槍，臉上全是汗，攙雜著一半困乏和一半激動的神情，他喃喃地自語道：

「這些傢伙是看準只有我一個人呢——再多一個人就好了！」說著，他猛然回轉頭，發覺周大元已經在他的身後。

他震顫了一下，隨即又平伏下來。他機警而鎮定地注視著周大元，他看見這位二等兵歉疚而和善地向自己笑笑，然後彎下身去撿起他的槍，一言不發地向左面的槍洞走過去。

「他清醒了嗎？他還會發作嗎？」他懷疑地問著自己。直到他看見周大元認真地用右手發槍的時候，他才放了心，驚訝地低喊起來：

「這是怎麼一回事啊！」

欣幸的笑意在他的嘴邊盪漾開來了，他向槍洞回轉頭。

二十

一個鐘頭過去了……

一個半鐘頭過去了。現在，距離完成掩護任務的時間，只有短短的（這是接近死亡的感覺）一個半鐘頭。

他們兩個人各據著碉堡的一角，狙擊著那些爬近來的敵兵。他們互相沒有交談過一句話，彷彿已經將對方忘掉了一樣，只是全神貫注於槍上的表尺和準星。他們像一頭獵犬般的凝視著那些偽裝的敵人，當那些傢伙爬近來的時候，他們準確而小心地發射。在這一個半鐘頭當中，叛軍不斷地作著小規模的進擊，蓄意騷擾他們，消耗他們的精力和彈藥。

而當他們正在為即將用盡的彈藥發愁的時候，土岡上的叛軍同時感到迷惑了。這些傢伙開始懷疑自己的估計：因為假使這座碉堡有足夠的彈藥的話，那麼他們這種消耗戰便是一種愚蠢的事情了。以目前的情勢來說，他們已經損失將近兩連人，他們沒有理由再作無謂的犧牲；傾全力攻擊吧，也未免太冒險了。因為在防守上，這座碉堡佔有絕對的優勢。而他們的那門山炮，自從失去隘口的陣地之後；他們不能再找到一個能夠發射的地方——後撤兩千公尺建立新陣地，事實上根本不可能。現在土岡上又迷漫著煙霧，找不到碉堡的目標，可是煙霧散了的話，卻又陷入碉堡火力的範圍了。於是，經過考慮，攻擊驟然停了下來。

方璞驚訝地抬起頭望望那槍聲逐漸沉寂的土岡，好一會才能使自己說出話來。

「又在玩什麼花樣啦？」他困惑地輕聲說。

直到他完全證實這並不是自己的幻覺時，他忍不住大笑起來。

「他們真的不來啦！」他邊說邊回頭去望周大元。「你看，這不是在鬧笑話嗎？這個時候會不來！排長說的話：這完全是老天爺的意思呀！」

「是的，」周大元安靜地說：「再打半個鐘頭，我們的子彈就要完了！」

班長奇怪地又望他一眼，心裡像是覺得他不該有這種意態似的。後來發現對方不解地望著自己，這才將心裡的怪念頭驅開。他向自己說：

「別疑神疑鬼了吧，他一直在守著他的那一邊呀——人總有清醒的時候的，何況，他只不過受了點刺激而已。對了，只是一點點小刺激，比如莫才……哦，這倒是一件奇怪的事，他怎麼不回來呢？那邊是連一個鬼也沒有的，是不是……」他開始替那位已被炸藥炸死的副班長假設許多種遭遇，然後為那些遭遇而傷心起來。

「這是很不幸的，他救了我們，而他自己卻永遠不再回來了！」他喃喃著，注視著周大元的眼睛。「我想，他的魂附在他的身上呢！不然，他絕對不會這樣沉著的，幾乎是前後判若兩人呀！」突然他震顫了一下。「——這就是所謂迴光返照嗎？據說人死之前是這樣的。啊！這是很可能的呢，最多也不過，還有……呃，這是什麼時候了？」他望望天色，然後回轉頭用一種低沉的聲音問道：

「現在幾點鐘啦？」

「哦，不早了吧……」周大元不順嘴地回答。

「是的，不早了！」他喋喋地說：「排長的錶震壞了，九點七分，我記得很清楚。而現在，天太壞啦！沒太陽，不然還可以在地上豎豎手指，很準確的，鄉下人都用這種方法……」他睜大他的眼睛，不說了。他一時想不起自己為什麼要說這些話，甚至連自己剛才在想什麼都記不起來了。他愣著，看見周大元向他走過來，嘴在動，像是在說話，不過，他聽不到聲音。

「什麼？」他問。

周大元被他的聲音駭住了。

「你覺得不舒服嗎？」他向著這位神色不寧的班長關切地說：「你的臉色不對呀！我看，你坐下來歇歇吧！」

方璞驀然清醒過來。頓了頓，他連忙解釋道：

「啊，沒有，我不是好好的嗎？」說著，他掩飾地微笑著。「我突然想起來，咱們好久沒吃東西啦——喏，那個乾糧袋，你解開吧，裡面有麵餅呢，昨兒晚上我在下面撿回來的！」

周大元將那隻袋裡的麵餅拿出一塊給他。

「你不吃嗎？」咬了一口麵餅，他問。

「我不覺得餓。」

方璞頹然放下他的手，然後丟掉那塊麵餅。

「其實，我也並不餓，」他冷漠地說：「好像，什麼都麻木了——你也是這樣嗎？」

「一樣，完全和你一樣！」

「為什麼呢？」

「我想，」周大元說：「快到一點鐘了吧！」

方璞笑著喊道：

「哦，是的，是的！垂死的人是不會感到飢渴的。你在想什麼呀？」

「我在想我們會怎麼樣死掉！」

「這是很有趣的，我相信世界上再找不到一個人會對死看得這樣平淡呢！」

「現在我才知道它和生竟連一點界限也沒有，我記得我以前不是這樣想的，就說兩個鐘頭以前吧，我還是一個懦怯的傢伙，我怕得直發抖呢！」

「什麼力量使你改變過來的？」

「我不知道，」周大元誠實地回答：「這是很微妙的。」

「微妙嗎？」方璞的眼睛明亮起來。「這不叫做微妙！死，永遠是一件可怕的事，我們怕它是因為我們留戀著生——死是剝奪一切的，而我們，並不是為自己而死，我們是為了無數人的生而死；死得其時，死得其所，難道世界上還有比這更令人滿足的事嗎？所以你說的界限，對於那些苟且的生，那些忍辱的生，是有很大距離的！」

「這是真的，現在我覺得自己和所有活著的人，和所有死去的人都沒有距離了！」

方璞快樂地說：

「這些話文縐縐的，都不是我們平常所談的話呀！」

「是的，我們從沒有這樣認真地討論過這種問題。」

「那麼剛才你是怎麼想的？」

周大元率真地笑笑。說：

「——當我們打完最後的一發子彈！」

「還有手榴彈吶！」班長補充他的話。

「哦，是的，總之，當我們什麼都打完的時候……」

排長忽然呻吟起來……

他們同時回過頭去望望。接著，他們帶有幾分慌亂地向他走過去。

二十一

排長睜著那雙寧靜而安詳的眼睛。

「這是一個很長的夢，空虛的夢。」當他完全記憶起來的時候，他在心裡說：「沒有聲音，沒有顏色，沒有過去未來……」

他開始感到右手的傷口有點刺痛……

「我還是活著的，最低限制，我還沒有整個死去，我還有痛苦的感覺，而且，我還能思想——十分清晰地思想！」他繼續想。他很想動動自己的頭、手、或者身體上的任何一部分。可是，像夢魘一樣，他失去了這種力量。「哦，我的肢體已經僵硬了！我曾經在一份科學雜誌上讀過這一類統計，人類身體的各種官能真正死去的時間：我忘了，腦子好像是三小時到六小時吧——那麼我是才死去的了！那麼眼睛呢？我還能看呀，完全是正常的：上面是碉堡的頂，我的頭是靠著碉堡的；右邊，是入口，左邊，噢……槍洞為什麼沒有人呢？這是周大元站的位置！這可憐的孩子，他的右手……天色這樣昏，這是黎明還是傍晚？分不出呢！呀，但願是傍晚吧！如果我的頭，能夠仰起一點的話，我就可以看見前面的東西了，我的鼻子和顴骨遮住了——為什麼我從未發現過它們會阻礙我的視線呢？不過……我可以推想的，現在一點聲音都沒有了。他們也許都已經死去了！壯烈的犧牲！日本人在第二次大戰建築這座碉堡的時候，他們絕對不會想到五年之後，竟有十個人在這裡面死守了二十四小時（但願他們守足二十四小時）。而且，殲滅了二十倍於他們的敵人！可惜，我不能分到他們的光榮，我在昨夜只受到一點輕傷，便害熱病死掉了。我想，我一定是害熱病死的。——他們是怎麼死的呢？方璞不知道在他死之前是不是已經饒恕我了？這真是一件令人痛心的事情呀！對於方珏的死，他為什麼要懷疑我見死不救呢？難道我能夠為了救他而犧牲全排士兵嗎？總之，那次的情況是非常惡劣的，我們無論如何不能讓敵人發現——這完全是老天爺的意思……」

忽然，他聽到方璞和周大元談話的聲音，起先他感到驚訝，後來竟然令他在心裡笑起來。

「這是多麼奇妙的事情呀！」他對自己說：「他們生前所說的話，現在才傳到我耳朵裡呢——音波的速率是多少呢？哦，忘了，我只記得光速，每秒是……唉，想這些幹什麼啊！中學生才記這些，現在我還是聽他們在說些什麼吧！……」

「哈！方璞這小子，他在套我的那句話呀——這完全是老天爺的意思。怎麼，他們的子彈要打完啦？……哦，他說我的錶九點七分是什麼意義呢——唔，很好，吃點麵餅倒是很好的……」

後來，他聽到他們在討論著死，他又笑了起來。

「聽聽你們的妙論吧！」

他聽著，他心裡回味著他們的議論，並不想參加自己的意見。突然，他的創口劇烈地抽搐著，他不由得痛苦地呻吟起來……

現在，方璞和周大元跪在他的身邊，他惶然不解地望著他們的臉，覺得有點不敢置信。

「你們不是已經死了嗎？」他彷彿在向自己說。

「沒有。」方璞微笑著回答。

「我呢？」

「您也沒有。」

「這是怎麼回事啊！」

班長摸摸他的額頭，解釋道：

「您的熱度已經退了。」

「退了？」

「是呀！您昏迷了好幾個鐘頭了，我們擔心您不會再醒過來呢——假如在一點鐘以後才醒的話，那跟永遠不醒就沒有什麼分別了！」

一種再生的幸福和強烈的慾念在排長的心靈上浮起來，他愣了好些時候，才使自己相信這個事實。他要想看看錶，但他的手不能抬起來，他試著伸伸自己的腿和挪動身體，可是他失敗了，他完全失去了這種能力。

「我活著，只不過是我的腦子和我的眼睛活著而已，」他灰心地對自己說：「我的身體早就僵硬了！」

方璞和周大元不能了解他這個時候的意態和感情，他們用眼睛去詢問他。他望著他們的臉，心裡想：

「我要在我的嘴沒有死去之前問他們，不然，有話說不出來，那才不舒服呢——多可笑啊，他們以為我還活著呢，他們說我的熱度退了，天！世界上會有永遠保持著溫度的死人嗎？那是冷卻呀——哦，不要胡想了吧，我要問他們……」

於是，他低聲問道：

「現在是什麼時候了？」

「大概是……您的錶震壞了，今兒又是陰天，大概將近十二點了吧。」班長回答。

「那麼只要再守一個鐘頭……」

「照目前這種情勢，是絕對沒有問題的。」

他蹙起眉頭，停了停，他又問：

「怎麼他們連一點聲音都沒有呢？那松林的火……」

「我們扶您起來看看吧，已經燒到谷口啦！」

「不！不用了！」排長用眼睛去制止他們，淡漠地說：「我不能動——我的身體早就已經死掉了！」

「您能夠動的，我們可以幫助您。」

「還是你去望望，」他向方璞說：「再將現在的情形告訴我吧，那還不是一樣的嗎。」

方璞不想違拗他，於是站起來，在槍洞前說：

「火已經燒到狹谷的隘口了，土岡那邊全是煙，風是朝那邊吹的，不大。什麼都看不見，不曉得這些傢伙又在打什麼鬼主意了——哦，」他回轉頭。「我們忘了告訴你，他們的主力已經在今兒早上到了呢！而且，還有一門七五山炮……」

「七五山炮？」排長驚異起來。突然，他若有所悟地叫道：「啊！李金福……」

方璞回到他的身邊來，望了望周大元，終於悲痛地輕聲說：「死了！」

大家沉默了一陣，班長開始用一種低沉的聲音，簡略地將排長昏迷之後所發生的事情說出來。排長磨著他的牙齒，靜靜地聽著，末了，他沉重地吁了口氣，痛惜地說：

「可憐的李金福！我真的不敢相信他是這樣死的呢！」於是他又沉默下來，整理了一下思緒，問道：「咱們的彈藥還剩多少？」

「機槍只剩下兩排子彈了！」

「馬上去打！」排長急急地命令道。

「咱們已經不夠啦！」班長不解地說：「而且，現在也沒目標讓咱們去打呀？」

「你就不可以讓他們以為咱們的彈藥綽綽有餘嗎？」排長說：「不要找目標，隨便打好了——發短發，東兩槍西兩槍的，別讓它停。我相信這樣能夠唬得住他們的；他們不敢再上來，是因為他們沉不住氣。猜不準咱們有多少彈藥……」

排長的話還沒完，炮聲在土岡上響起來……

第一炮偏左，第二炮落在碉堡的右面。

方璞連忙回到槍洞前面。

「開始攻擊了？」排長在他的身後問。

他望著排長回答：

「我看不會。就是這門七五山炮呀，他們在土岡上發的。不過，他們看不見碉堡——煙太濃了，是從右面熄了的火場上吹過去的。」

炮繼續在響。沒有目標，瞎打，帶點示威的意味。

「照我的意思做吧，」排長溫和地說：「錯不了的。最低限度，一時他們不敢上來。」

「但願他們一個鐘頭以後再上來收咱們的屍吧！」方璞認真地說：「我已經想過了，替自己留一個手榴彈！」

「到那個時候，」排長笑笑。「別忘了幫幫我的忙，我不能動呀——哦，你讓周大元來打吧，他從來沒有摸過重機槍！這種機會是很難得的。」

「來吧！」方璞望著周大元說：「很夠勁呢！」

一發炮彈在碉堡的後面爆炸，泥土和樹木的碎屑像暴雨似的落了下來，發出一種單調而沉悶的響聲……

周大元的嘴上露出罕有的笑容，他戰戰兢兢地握著機槍的槍把，開始小心地向煙霧迷漫的土岡射擊起來……

他在心裡喊道：

「是要比步槍打得夠勁！」

二十二

愈接近死亡，他們愈不能了解時間對於他們的意義，他們深深的陷進一種寧靜的酩酊中，任何煩擾現在都不能進入他們這種意境裡了。他們顯得異常快樂和充實，彷彿一個終年勞苦的人獲得一個短短的假期一樣，預期著幸福的到來，卸下心靈上所有的載負，他們感到自然和輕逸。他們發覺這個世界的美好，但這種美好並不使他們驚訝，好像本來就是這樣，只不過被他們忽略罷了。在他們看來，這形狀醜陋的碉堡，這鬱悶的鉛灰色的天，焦黑的松林；白色，黑色和黃色的煙；擺滿了屍體的山麓……都覺得極其和諧，而且還賦有一種新的解釋——一種最固執的不變的物體之對於死亡，它是具有幾種不同的形狀的（觀念上的形狀）；一個被無辜殺害的人，他會覺得這個世界悲慘和醜惡；一個垂死的老人，卻覺得它出奇的瑰麗，而對於一個信仰的赴死者，它會失去了所有的意義，因為最高的境界是無意義的，凡俗的智慧並不能了解。

時間在山谷蹀躞著……

死亡離他們漸漸近了，亦即是一個新的生命離他們漸漸近了……

方璞像是在靶場上一樣，他十分認真地教導著周大元發射重機槍。同時，還不厭其煩地糾正他的動作和姿勢。而周大元，也相當認真地學習著，到後來，他已經能夠像一個優秀的老機槍手一樣控制他的手指了。他可以敏捷地發短發，只射出兩顆子彈的短射擊，絕不會有絲毫差誤。

排長靜靜地躺著，他計算著砲彈彈著點距離碉堡的遠近；他聽著周大元斷斷續續的槍聲，心裡一邊用最慢的速度數著數目：六十秒是一分……

「三十七，三十八……」他忽然停下來，稱讚著說：

「你已經將他訓練成一個好機槍手了。」

「是呀！」他說：「現在我真希望那些煙能夠散開一點，讓我看看他瞄得準不準！」

班長回轉頭，得意地笑了笑。

「四十一，四十二——要散，也要過些時候再散吧！」

「您在數什麼呀？」

「四十八；嗯，時間。如果剛才真的是十二點的話，那麼再過二十六分鐘便到一點鐘了。我起先是用心跳計算的，每分鐘跳一百下，其實我最多不會超過八十下；後來嫌它太麻煩，就改為每數六十進一分。故意數慢一點，我想總不會錯了。哦，現在只有二十五分鐘了。一，二，三……」

「失眠的時候，您這樣數過嗎？」方璞向排長走過去。

「數數就覺得厭煩了，不像現在，我越數越有興趣呢。我現在已經心裡假定了一個數目，看看死的時候是不是跟這個數目接近——自己跟自己賭博呀！世界上還會有比這種更奇怪的賭博嗎？」

「這倒是很有趣的。哦，讓我們吸支煙吧！」

「那兒來的煙？」

「在那些傢伙的身上摸來的。那時候我想替你去找些止血的東西，誰知道……喏，還有打火機，銀圓——足夠全連人打一次牙祭。還丟掉好些吶！」方璞點起兩支煙，放一支在排長的嘴上。

「還是英國煙呢！」

排長吸著，輕輕的將煙從鼻孔裡噴出來，他望著方璞的臉，當他們的眼睛相遇的時候，他們互相了解這一瞬間包含的意義，於是他們微笑起來。

方璞替他彈掉香煙的煙灰，他摯切地說：

「如果我的手能舉得起來就好了！」

「不礙事的。」

「我不是這個意思。」他注視著對方的眼睛。「我要想緊緊的握住你的手！」

當方璞發覺他的眼睛裡噙著淚水的時候，他激動起來，他急急地伸手去抓住魯平侯那僵冷的左手。

「啊！」他哽咽地笑著說：「我早就該接住您的手了。您能原諒我嗎？現在我才明白，死對於死者本身並不是一件不幸的事情呢。方珏也會和我們一樣，是充滿快樂而死去的。」

「我很感激你。」

「不，排長，這是我說的話——我代表全營人說這句話。」方璞誠摯地說：「假如不是您自動留下來，也許昨兒晚上就完了！我真後悔我自己作的事……」

「別說這些話了吧。」

「是的，我不該再說這些話的。」

他們又微笑起來，笑裡含有親切和幸福的意味。

「讓我吸煙吧！」排長勸解地說。

「啊，是的，我竟然忘了！」說著，方璞又將手上的香煙放到排長的嘴上。

沉默散佈著，像空氣一樣散佈著……

他們默默的接上第二支煙，都不想說話，沉浸在自己的思想裡。

時間在甜蜜地流……

周大元的聲音驀然闖了進來，他低喊道：

「風向變啦！」

「變了？」方璞跳了起來，向槍洞走過去。

一股反方向的氣流在這狹谷間造成一個龐大的煙霧的游渦；谷口的火燄跟著捲升起來，土岡的輪廓漸漸的呈現在煙霧的後面了。

「當心他們的炮！」班長在土岡上搜尋著那門山炮，向新的機槍手警告道：「盯住它！」

碉堡就在這個時候搖動起來，爆炸的聲浪震耳欲聾，使他們的耳膜感到一陣劇痛。

周大元馬上發現那出口的火光，於是他隨即瞄準那個地方掃射……

風力似乎很大，土岡上的煙霧完全吹散了。他們十分清晰地看見那門山炮，有好幾個敵兵在它的旁邊忙碌著，機槍子彈在它的前後左右揚著塵土，眼看著有兩個人同時被擊中，倒下……

而第二炮又來了。

非常準確，只可惜高了一點，翻起的泥土幾乎要將碉堡的入口堵塞起來了。他們整個人被拋擲起來，使他們感到頭昏目眩了好一陣。

「盯住！別放鬆！」方璞大聲叫道。

周大元繼續瞄準它射擊……

那幾個炮兵被迫退開了，忽然又擁上來……

「盯住！盯住！」

周大元發著一次粗暴的長射擊，他那焦灼而銳利的眼睛裡透出一種野性的光芒，緊緊地咬著牙，身體隨著機槍顫動……

突然，完全靜止了。

好一下，他才讓自己發出聲音來，他絕望地叫道：

「完了！子彈打完了！」

當方璞被這個事實駭住的時候，卻出乎意料的，那些傢伙竟然沒有繼續發射他們的炮，他們擁上來，匆遽地將那門山炮拖回土岡的後面去。

很久很久，他們說不出一句話。

「是怎麼一回事呀！」排長詫異地問。

方璞和周大元經驗著同一種情感，他們回轉身，互相望望，然後流著眼淚笑起來。

「他們將炮拖走啦！」方璞顫聲說。

接著，他們異口同聲地喊道：

「這完全是老天爺的意思！」於是，又狂笑起來。

等到笑聲停止之後，方璞意態凜然地說：

「現在，讓他們上來吧！咱們把剩下來的幾十發步槍子彈打完，就扔手榴彈——只要留下一個給咱們自己用就夠了！來，周大元！」

他們彎腰去撿地上的步槍。排長忽然尖聲叫起來：

「噢！你們看！這是什麼！」

二十三

方璞和周大元隨即揚起頭，昏惑了一下，才意識到有一條狹窄的，淡淡的陽光從碉堡的入口射進來，落在已經堆滿了泥土的梯級的旁邊。

「哦，現在已經兩點鐘啦！」方璞急急地低喊道。

「可不是嗎，」排長放下他的左手，激動地接著說：「你們還記得嗎？正是昨天王德方陣亡的時候！」

「是的，正是這個時候。」

他們望著那條陽光，突然沉默起來……

像是含著一層新的意義，那條陽光一直照進他們那幽暗而已經關閉的心靈裡；一個慾念開始萌芽了，如同神話裡的荳莖一樣，很快的便茁長起來，它挾著一種執拗而頑強的力量撼動著他們的生命。這種慾念是與生俱來的，雖然他們曾經那麼勇敢地捨棄了它。可是，當它再回到他們的心中時，它變得更堅強了，它以它那奇妙的語言宣示著它的願望，像死亡一樣固執。

要活！要活！要活下去！

什麼能比這種意志（它永不休止地叫著我們聽不到的聲音）更有力量呢！

——為了一切期待於他們的，他們是應該活下去的。

方璞猛然在沉默中抬起頭，喊道：

「咱們的任務早就完成啦！」

這是不會錯的，他們已經超過他們接受的命令中所應守的時間了。排長和周大元馬上了解他這句話所暗示的意義。

「這是毫無疑問的。」排長心裡想：「要活下去！要設法逃開這個死亡的狹谷！難道還等待他們上來，被他們殺死嗎？現在，赴死對於我們，已經變成一種近乎愚昧的事情了！啊……」他顫慄起來。「但是對於我，卻是一種奢侈的要求啊！」

濃厚的煙霧已漸漸地被吹到山麓上來了。排長望了望那些由槍洞鑽進來的煙霧，他安靜地對他們說：

「現在是他們攻擊的好機會了！你們別管我，你們走你們的吧！」

「您……」方璞像是發現了什麼奇怪的事情似的，他用手指著排長，吶吶地叫起來：「您，您不是——」

「我什麼？」排長笑著截住他的話。「我不能動呀！難道你們還打算背著我走嗎？別傻，你們走你們的吧！」

「不，不是！」方璞向他走過去，激動地搖著他的手說：「您不是不能動呀！」說著，他露出一種奇怪的笑容。

「什麼意思？」

周大元也開始明白過來了。他微張著嘴，附和地注視著排長的眼睛。

「這是什麼意思？」排長困惑地重覆道。

「您能夠的，不是嗎，」班長在狂喜中不順嘴地說：「您剛才曾經舉過您的手來的呀！我沒有看錯——周大元，你也看見的！您舉手指著那條太陽光，我敢發誓，這是千真萬確的！」

「是啊！」周大元跟著叫道：「我也看見的呢！」

排長盡量抑制著自己，讓自己找到一點頭緒。

「啊！是的……」他思索了一陣，低喊道：「我真的將它舉起來呢，至少，我已經將它的位置移動過啦——這已經證明它是能夠動的了。」

他掙扎著，咬著牙，使盡了力氣。

「沒希望了！」他突然鬆弛下來，絕望地說。

「您再試試看吧，您要相信自己是能夠動的，像睡醒了覺您要起來一樣！我們扶著您。」方璞說，一面和周大元用手扶他的身體。可是，他仍然癱瘓著，不能運用一點點力量到他的肢體上去。

「算了吧！」他苦笑著說：「將我放下來吧！如果你們再不走，就沒有時間讓你們走了。你們用不著替我難過，我覺得上天對我們已經是太寬厚了，這也許是祂的意思呢——這一定是祂的意思，一定是的。」

他們只好將他放下來，但，一時失去了主意，不知要怎樣才好。

「走吧！你們要等他們來殺你們嗎？」

「…………」他們不響。

「走！走！」

土岡上的槍聲響起來……

「走呀！」排長暴怒地叫道：「你們聽見嗎？」

方璞和周大元為難地站起來。

「你們要打起你們剛才決心死的那種勇氣走！」排長威嚴地說：「你們會追上他們的！好好地幹吧！時機到了，你們再打回來！好，那麼現在對準我的胸口或者腦袋，放一槍吧！」

他們被他這種平靜的聲音駭住了。

「來呀！手千萬不要發抖！」他催促著說：「這樣吧，用槍口抵著我的左胸——怎麼？你們連這點膽量都沒有嗎？……來呀！他們已經開始上來啦！」

方璞突然被一個意念襲擊了，他振作地挺直腰，動作敏捷而穩定地抓著槍機將子彈上了膛，然後沉著而堅決地向排長說：

「那麼請您將眼睛閉起來吧！」

周大元昏亂而畏怯地退到一邊。排長望了他一眼，寧靜地微笑著說，帶著點兒教訓的意味。

「周大元，你不要做一個懦夫啊！做人是需要勇氣的呢——好！班長，我們永別了，替我問候所有的同志！」

於是，排長安詳地將眼睛閉起來，嘴角含著一種驕傲而滿足的笑意。

班長舉起槍向他發射……

——砰！

「啊……」班長急忙撲下去，大聲叫道：「槍打歪了，我打中了您的右肩！」

排長痛苦地呻吟著，本能地用左手去掩著自己的肩頭，劇烈地抽搐起來……

「排長！排長！」方璞急急地喊叫道。

他突然睜開那雙充血的眼睛，瞠視著在微笑的方璞。他正想開口，方璞已經用一種平和的聲音說話了：

「您看您的左手！」

排長驟然醒覺過來。他錯愕地望著自己擱在右肩上的手。半晌，他才將它拿起來，前後審視著。

「哦……」他沙嗄地自語道：「怎麼沒有血呢？」

「您起來吧，我的子彈打在您的身邊呀！」班長笑著說：「現在，您總該要相信自己是能動的了吧！」

排長痙攣了一下，霍然用左手支撐著坐起來，發狂地張開他的左手，將方璞緊緊地抱住。

「啊……」他含糊不清地顫著聲音喊叫著，熱淚沿著臉頰滾落下來。

二十四

十分鐘之後，他們已經棄下碉堡，向迷濛著煙霧的山脊撤退了，

在離開之前，他們將昨晚卸下來不用的曳火彈再裝到彈帶上，放掉機槍套裡的水，然後向土岡掃射著一次打完一排彈帶的長射擊；當第一排彈帶打完的時候，槍管已經燒紅了，他們跟著接上第二排。他們將扣著的扳機用鞋帶將它縛在護環上，然後匆匆地帶著他們的槍離開碉堡。

當他們爬到平坡上那條通往山脊的山道時，碉堡裡的機槍聲才停止。方璞邊走邊回轉頭，向身後的山麓望望，激動地說：

「這些雜種還以為咱們在碉堡裡呢！」

排長走在他的前面，現在，也跟著回轉頭。自從離開碉堡之後——應該說是自從他霍然從癱瘓中掙扎起來之後，他的生命裡注滿了一種新的生機和喜悅。對於這個突如其來的幸福，他感到有點手足無措；他陷入昏迷的激動中，燃燒著。他失去了思想的能力，彷彿在他這整個生命中，除了這個再生的幸福，便一無所有了。他聽憑著自己的本能運動著他的腳和手，他的眼睛望著前面，他只

知道自己現在要越過這個山脊，至於為什麼要越過和越過以後該怎麼樣，他都有點茫然。現在，方璞這句話闖進他那空洞的腦子裡來了。那聲音迴盪著，震顫著，他突然停下腳步，在一瞬間他恢復了一切意識。他異常清醒地接著方璞的話說：

「是啊！他們絕不會想到咱們已經走到這兒呢？」

「等到他們攻上來——那種情形一定是十分有趣的。」

「哦，是的，一定很有趣的，」他附和地說：「那個時候，咱們也許已經爬到山腰了。」

「我想，他們一定非常生氣！這是十分荒謬的呢！」

「讓他們生氣吧。」排長邊走邊說。

「我真擔心他們怎麼樣填那張作戰報告呢，」班長調侃地說：「如果照實寫的話，那就是二十四小時內，傷亡二百餘員名，奪下——他們一定寫『奪下』：碉堡一座，斃敵七名（連副班長在內）虜獲中正式步槍五支，德製馬克沁重機槍一挺……」

「廢的！」排長插嘴道：「還能用嗎？槍管早就燒壞啦！」

「就算是好的，也夠丟臉的了！」

他們笑起來，一邊走一邊繼續著他們的話。他們談論著他們的部隊會不會留在邊境打游擊，或者借路入緬，轉道到臺灣去……

前面的山勢變得陡峭了。現在，狹谷在他們的下面被煙霧籠罩著。抬起頭，他們可以看見險峻而森鬱的山脊（再爬上去，便是一座叢林了，它像孩子們的短髮一樣，覆蓋在山頂上），夾在兩峯之間。

他們喘息著，但沒有停下腳步，只是談話減少了，偶爾說了一句，並不需要別人回答。

沉默地走了一些時候，方璞忽然問：

「要走多久才能夠到河邊呢？」

「過了山脊，下山，就是河。」排長回答：「大概——我想總得七八個鐘頭吧！在黃昏之前能夠爬到山脊，已經是很不容易的了！那張簡圖上——哦……」他驟然回轉身，吃驚地瞪著方璞的眼睛，急急地問：「那張簡圖呢？」

「什麼簡圖？」班長迷惘地反問。

「那張部隊撤退的路線簡圖，昨天當我要離開碉堡的時候，不是親手交給你的嗎？」

「啊！是的！」方璞低喊道：「您是曾經遞給我的，不過……」

「摸摸你的口袋，我記得我是要你將它裝到口袋裡去的——大口袋，呃，褲袋呢？你真的一點都想不起來？」

「……沒有，連一張紙都沒有，」摸過了口袋，方璞絕望地喃喃道：「我接著，放到哪兒去的呢——您沒看清楚它上面寫些什麼嗎？」

「我只知道它是一張撤退路線圖，」排長憂慮地說：「誰還料到咱們能夠活呢，營長將它遞給我的時候，我來不及看便塞進口袋裡了，我只聽到他們說起，要過河……」

「哦，我記起來了！」

「在身上嗎？」

「不，在碉堡裡。」方璞解釋道：「您還記得嗎？當您將它遞給我，正要走出碉堡，狹谷裡的炮火就在這個時候吼起來的，於是咱們連忙回到槍洞的前面，只顧著作戰，把它給忘了——我想一定是這樣的！」

他們又沉默下來。被這件令人感到絕望的事情困擾著。這張簡圖對於他們的意義是十分重要的，他們失去它，就如同失去了他們的部隊一樣；因為要想在這蠻荒的叢莽中盲目地找尋，那簡直是一件不可思議的事。現在，一切憂慮和恐懼都是徒然的，只有等待著他們那不可知的命運為他們決定了。

「爬過山脊再說吧！」排長從沉思中抬起頭來，決然地說道：「再回到碉堡去拿已經是不可能的了！」

於是他們繼續向山脊爬上去……

他們默默地走著，陷入深沉的思想裡。這是一件多麼悲慘的事情啊，剛才他們所持有的理想和熱望，現在都化為烏有了；他們感到一種新的恐懼在摧殘著他們的心靈，這是比死亡更令人難堪的。他們很明白，假使和部隊散失了的話，他們便要留落在這罕見人煙的叢莽裡了。而他們三個人的力量，是絕對不能抵抗他們將要遭遇到的種種困難的。他們會被飢餓、寒冷、疾病，以及毒蛇猛獸襲擊……

他們的部隊向那個方向撤退呢？

上帝的意旨又是怎麼樣呢？

這正如他們內心的矛盾一樣不能解釋。他們開始後悔離開碉堡，他們認為這是一件愚蠢的事情，因為他們曾經那麼寧靜而滿足地期待著死亡——一個光榮而莊嚴的死亡。為什麼竟被生的蠱惑，而拋棄了這種寧靜和滿足，去接受目前這種紛擾和痛苦呢？這是一種多麼卑賤的生呀！而又是一種多麼卑賤的死呀！他們在心裡詛咒著，叫喊著。但，另一個意念在震顫著他們，鼓舞著他們，它明確地顯示著一種執拗的力量，使他們堅信著；生存勝於一切，意志勝於一切。這兩種思想在他們的心中反覆地鬥爭著，他們始終不能抉擇，亦無從抉擇。

狹谷裡的槍炮聲早已完全靜止了。

他們循著一條狹小的山脊爬上去，他們淌著汗，急促地喘息著；他們用手攀著路邊的藤蔓，草莖和樹枝，將沉重的腳蹬在能夠使出力氣的地方，然後努力爬前一步。排長困難地側著身體，有好幾次他幾乎要滑跌下來，方璞在後面保護著他，以及照顧著身後的周大元。他們互相不發一語，繼續向山脊攀登著……

及至他們爬上山脊，天已經快要黑下來了。

他們精疲力竭地倒在一棵大樹下，背靠著粗糙的樹根。在地上直伸著那雙軟疲的腿。他們閉著眼睛喘息了好些時候，體力才漸漸恢復過來。

林鳥開始囂叫起來了……

他們睜開眼睛，失神望著那逐漸被黑暗淹沒的樹頂，如同瞥見死神的黑翅在他們的生命中張開來一樣，他們感到絕望和畏怯，以及一種濃重的孤獨。

幾乎是在同一個時候，飢寒和疲乏一起向他們襲來。冷冽而濕澀的氣流緊緊地將他們那麻痺的身體包裹著，讓那貪婪的飢餓像一條野狼似的，肆虐嚙咬著他們的肉體與心靈；而疲乏卻像無數細細的繩索，將他們的四肢和身體纏繞著，捆縛著，使他們絲毫不能動彈。

排長的傷口開始感到搐痛了，而且不斷地加劇。他緊咬著牙根，不讓自己發出呻吟聲。

方璞忽然在他的身邊嗄聲問道：

「咱們不生一點火嗎？」

「不！不能！」排長馬上制止道：「只要有一點火光，他們就會發現咱們的。」

「您的意思就是他們已經爬上來了？」

「這是毫無疑問的，當他們發現咱們已經離開碉堡，你想他們會怎樣呢——他們肯放過？」

「那麼咱們還得繼續走了？」

「到了這個時候，還由得咱們不走嗎？」排長冷冷地說：「最多，還有一個鐘頭，他們就可以爬上來了！」

方璞思索了一下，輕聲說：

「天這麼黑，爬上來並不容易呀？」

「可是，他們也知道，下山是非常危險的呢——他們已經料定咱們在今兒晚上離不開山脊。」

「這樣說，咱們被困在這兒了？」方璞惶惑地叫道。

「跟被困又有什麼兩樣呢？」排長嚴肅地接著說：「咱們敢下山嗎？一點東西都看不見呀！」

「哦，是的，」方璞無力地說道：「——而且，已經精疲力盡了，幾乎連站起來的力氣都沒有了……」

沉默了一會，排長淡淡地問：

「你們想睡嗎？」

「不想，連一點睡意都沒有！」班長回答：「只是疲倦，出奇的疲倦。……難怪，咱們在這兩天裡面，只吃過一點點麵餅，只休息過半個鐘頭呀！」

「是的。」頓了頓，排長笑著問：「現在你希望吃到什麼呢——說著玩吧！紅燒肘子？還是清燉雞？……」

「不！我只想再能夠吃到連上的大鍋飯！」方璞深摯而痛惜地說：「也許永遠吃不到了。」

「你在想他們？」

「您不嗎？」

「好吧，」排長半安慰半認真地說：「咱們一起來想吧——他們現在在那兒？在幹什麼……」

周大元突然尖聲驚叫起來。

一發照明彈在天空中燃燒起來了。那熠耀的，綠色的光澤，濾過山脊密茂的叢樹的枝葉，透射進來，像是有無數發光的魔鬼的眼睛，在樹頂閃爍著……

二十五

狹谷裡的叛軍，現在已經爬上來了，在山腰上……

他們驚惶失措地注視著那在天空中燃燒起來的火球。當他們回復意識之後，驟然被心中一個強烈的意念激動起來。

「咱們坐在這兒等他們上來嗎？」方璞大聲問。

於是他們有點慌亂地爬起來，手上緊緊地抓著槍，互相望望。除了這個唯一的意念，其他的思想和感覺完全離開他們了，現在充滿於他們體內的，是一種強大而執拗的力置，就如同在碉堡裡一樣，對於這種力量和情感，他們感到親切和熟悉，只不過——如果稍為有點不同的話——現在他們覺得，求生比赴死對他們更難堪而已，

「咱們已變成亡命之徒了！」排長痛苦而瘖啞地說。

「往哪見走呢？」班長急急地問：「下山嗎？」

「只有這條路了！」排長決然地說：「咱們趁著這點光，走吧！」

於是，他們匆遽地向前面的山道走去。

當方璞急急地發問的時候，魯平侯曾經這樣想過：他準備向右面的山頭爬上去，因為這樣可以避開叛軍的搜索。不過後來他又想：假如這樣的話，那麼便永遠沒有再找到部隊的希望了。想到這裡，他才打消了這個念頭，決定冒險下山。現在，他循著隱約可辨的山道走著，班長和周大元跟在他的後面，直到敵軍發射的照明彈在他們的背後落下去，他們才將腳步停下來。將他們的右腳撐在樹根上，保持著身體的平衡，然後在黑暗中說：

「他們會繼續發射照明彈的，不然，就跟咱們一樣，半步也走不動！」

果然如他所料，第二發照明彈又升起來了……

「快點走！」他繼續說：「我想再下去一點的話，地勢也許會比較平坦的。」

「但願如此吧！」

又下去了一段路，他們已經無法認清路面了。除了照明彈剛升起來的時候，樹頂上還能透出一點光，再下去，便被山脊遮住了。他們近乎盲目地摸索著，有好幾次被那些高出地面的樹根絆倒，有些時候，他們被困在纏著枯藤和荊棘的樹叢裡，費了好大功夫才能掙脫出來……

他們繼續默默地走著……

現在，他們已經完全失去視覺了。他們走近一條湍激而嘈聒的山澗，俯身去吸飲這冰冷的澗水，然後將頭浸進去，清醒清醒自己的頭腦。

排長忍著傷口上的劇痛，嚴肅地說：

「咱們順著它走吧，我想不會錯的——你們的水壺已經灌滿了嗎？」

方璞旋緊水壺的蓋，熱切地低喊道：

「這真是一個好主意呢，而且，它一定要流進河裡去的！他們不是在河的對岸嗎？過了河，我相信絕對能夠找到他們的，咱們只要找到他們走過的路……」

他們又開始走，因為是摸索著走的，所以走得很慢。方璞不耐煩地在後面叫起來：

「這樣走，也許走到天亮還到不了山腳呢！」

「這很難說，」排長說：「咱們簡直不知道這座山有多高——那邊是山谷，山谷總要比河面高的，那麼這邊比那邊高是毫無疑問的了。從碉堡爬到山脊，咱們足足爬了五個鐘頭呀！而且，還是在白天……」

「走著瞧吧！」

他們繼續沿著山澗向下走，飢餓和疲乏又向他們襲來了，他們勉力支持著；腳步開始變得滯重，神志似乎也感到有點迷亂了。他們走錯了路，又折回來，向另一個方向摸索下去，到後來，他們幾乎是東跌西撞地蹣跚著，像是幾個志同道合而又爛醉如泥的醉漢一樣。

他們顛躓著，衣服已被枯枝和荊棘扯碎，手上是濕澀的，不知是血還是汗液。除了沿著這條山澗摸索下山，他們已經茫無所知了。當飢餓和疲乏開始向他們襲擊的時候，曾引起一種紛擾；在這紛擾裡面，雜著絕望和恐懼，他們已經十分真確地感到，他們的力氣已耗盡了，隨時會如同枯樹似的倒在地上。於是，他們替自己假定一個倒下去的時間，但當他們快要接近那個時間的時候，一種新的力量在他們的心裡茁長起來，等到這種力量漸漸消失，他們再替自己假定一個比較先前更可靠的時間，走下去……。後來，他們將這些事情整個忘掉了——並不是有意忘掉，而是失去了思想的能力；飢餓和疲乏現在已變成一種奇妙而不關痛癢的感覺了。

又走了一些時候，排長突然倒了下來，方璞在他的跟前站了一會，也跟著倒在他的身邊，因為他的膝蓋已經僵硬了，他無法使自己跪下來。

喘息了一陣，班長伸手去搖搖排長冰冷的身體。

「排長！」他驚慌地喊道：「排長！您怎麼啦？」

沒有回答。他屏息著，隱隱地聽到排長那喘急而低弱的呼吸聲。他連忙爬前一步，摸摸他的臉和脈搏。一個意念突然觸動了他，他失聲叫道：

「咱們不能休息！停下來就會被凍僵的！」

於是他掙扎著，要去將排長扶起來。可是，儘管他使盡了力量，排長的身體依然翻不過來。

「扶起來了又怎麼樣呢？」他想：「難道還能夠繼續走嗎？唉，我在做夢呢！別說排長——他很虛弱的，他的傷口流了太多的血。而我呢，也許現在要站起來都十分困難呀！」他望望左右。

「——就這樣死嗎？」

「哦，是的，」他接著自己話在心裡說：「辦法是想出來的……啊！我為什麼不燒起一堆火呢，我相信身體溫暖了，力氣也會恢復過來的。」

「但——排長曾經制止過這樣做！」他心灰意冷地對自己說。

沉思了半晌。驀然，他激動地叫道：

「就讓他們發現吧！他們走下來，最快也要一兩個鐘頭呢！到了那個時候，我們還不是可以繼續走嗎？」

打定了主意，他回頭向後面的周大元叫道：

「周大元！」

沒有聲音。

「周大元！」

依然沒有聲音。

「怎麼，他也……」想了想，他慌忙返身向後面爬過去。他一邊用手去摸索，一邊喊著周大元。可是，他找了很長一段路，還是找不到周大元。看情形，周大元迷失在後面已經是毫無疑問的了。他不敢再找尋下去，因為他很可能找不到回去的路，而又失去了在等待他援救的排長。

「難道他也和排長一樣，等待我的援救嗎？」他猶豫起來。但，終於返身回到排長那邊去。他痛苦地唸道：「這是不得已的事情，他會原諒我的，希望他是迷失了方向吧！而且，當火燒起來之後，他就要找到我們了！」

回到排長的身邊之後，他費了很多時間才將火燒起來，撿拾好些枯枝樹料堆在篝火上，等到火勢大起來之後，他翻轉排長的身體，使他靠在離篝火不遠的樹腳上，然後解下一隻水壺，靠在一段在燃燒的樹料的旁邊。這個時候，他的體力已經漸漸恢復了。他跪在排長的身邊，用手去揉擦排長的臉和僵硬的手……

漸漸地，他的身體感到溫暖了，呼吸也變得有力而均勻了。方璞將那已燒熱的水壺從炭火上拿出來，然後小心地灌進排長的嘴裡。

隔了一陣，排長沉重地舒了口氣，從困乏的昏迷中甦醒過來。他睜開眼睛，出神地注視著篝火，似乎在凝神思慮著什麼似的。半晌，他才移動他的眼睛，於是他看見跪在他身旁的方璞。

「這是那兒呀？」他不解地問。

方璞摯切地笑笑，輕聲回答：

「也許在山腰上吧！」

「山腰上？」他開始向四周望望，當他發覺周大元並不在他們身邊的時候，他的眼睛瞬間即回到方璞的臉上。

「他走失了！」班長沉重地說。

「哦……」

班長低下頭，簡略地將事情的經過說出來。最後，他沉重地結束他的話，說：

「但願他能夠追上來吧！」

排長的眼睛灰黯了，他緊咬著牙齒，不響。沉思了片刻，他突然憂慮地抬頭向山脊望望——其實，他只不過是朝那個方向望望而已，因為他們的周圍，只有濃密的黑暗和樹木。

林鳥又在樹頂囂叫起來……

「噓……」方璞憎惡地拾起一塊石頭，扔到樹頂上去，咒道：「死開吧——山那邊多的是呀，還不夠你們吃的嗎！噓……該死的東西！」

囂叫的聲音越來越大，遠遠近近的響應著，拍動著翅膀……

排長看見班長這種行動，忍不住笑了，他說：

「隨便牠們吧！據說這些傢伙喜歡吃那些剛死的人，難道在等候著咱們嗎？」

方璞瞅著排長臉上奇怪的神情，怯怯地問：

「您覺得怎麼樣啦？」

「沒什麼……」林鳥的飛動和撲打截斷了他的聲音。他們聽到無數巨大的鷙鳥（他們看不見，他們根據那種聲音去推想）落到離他們不遠的一個地方，呱呀呱呀怪叫著，像人一樣用它們兩條粗壯的腿走路，互相追逐，喙打，貪婪地搶著食物……

「會是周大元嗎？」他們兩人同時想到這句話。但，都不敢說出來，只是帶著一種受驚嚇的神情互相望著。

其時，一發照明彈在山脊升起來……

他們仰起頭去望著那個在枝葉間閃動的，令人目眩的火球，久久，才喊出聲音來。

「啊！他們已經爬上山脊了！」

鷙鳥的囂叫隨即完全靜止。

排長霍然掙扎起來，急急叫道：

「走！咱們趕快走！」

二十六

由於他們先前是在黑暗中摸索著走的，同時，還沿著這條曲曲折折的山澗，所以他們走得非常緩慢；而現在，雖然他們曾經休息過一些時候，可是當他們一離開篝火，饑餓和寒冷又向他們襲來了。他們忍受著，勉力撐持著。但，他們只走了短短一段路，便倒了下來。他們繼續掙扎著向前爬行，直到他們使盡了最後一點力氣，絲毫不能動彈。

鷲鳥又向他們飛過來，停在樹頂，怪叫著。他們靜靜地伏在地上，彷彿看見這些怪物在樹頂上，張著那雙殘忍而發光的眼睛，竦然眈視著他們，使他們的背上感到一陣一陣的刺痛。

而山脊上的叛軍，已經搜索下來了……

「就這樣完了嗎？」方璞昏亂地想：「牠們會撲下來，用牠們那鋒利的嘴喙我們的肉，用爪扯用我們的內臟，當牠們再飛起來，我們只剩下一堆骸骨了——就這樣完了嗎？」他又重複著問自己。頓了頓，他生氣地向自己說：「不能！不能讓這些傢伙喙死，到了那個時候，我可以自殺！死了之後，隨便牠們吧！牠們喜歡怎麼就怎麼樣，反而乾淨點。不然，兩三天功夫，身體就會腫脹，發臭，流著黃水，爬著蛆蟲，那就更難過了——可是，現在連一點力氣也使不出來了，怎麼樣拿槍，怎麼樣扣扳機呢？哦，再休息一會，也許能夠的，力氣是可以恢復過來的……就這樣吧，用手榴彈吧！排長也許需要我幫他的忙呀！我怎麼聽不到一點他的聲音呢？」

他極力要想抬起頭，但總是抬不動。

「你再休息一會吧！」他向自己勸說：「絕對可以的，只需要一點點力氣就夠了……」

……………

現在，他像是已經非常清晰地聽到那些叛軍從山上走下來的腳步聲了，而且越走越近。

樹頂上的鷲鳥驚叫起來……

「他們追到啦！」方璞在心裡喊道：「完了，現在連選擇死的自由都沒有了。我不能動——力氣都到那兒去了呢？給我一點吧，只要讓我摸到手榴彈就夠了，難道你要眼看著我被這些孫子俘虜，讓他們將我捆起來，像一條狗似的被牽著走嗎？」

「起來——用力！」他掙扎著。「用力！來，再來一次——用力……」

他絕望了，感到呼吸急促而窒息。身體上的每一條脈胳都像是在不斷的脹大，使他的肌肉不住地痙攣著……

「被俘是一件多麼難堪的恥辱呀！」他叫道：「我們是寧死不屈的！」他馬上想起在碉堡裡的情形，不禁喟然長嘆起來，他喃喃地唸道：「如果不離開它就好了……」

叛軍的腳步聲漸漸近了……

就在樹頂的鷲鳥因照明彈熄滅而驚叫的時候，方璞突然從他那空洞的腦子裡捉住一個熟悉而有力的思想，竟為這思想激動得顫慄起來。久久，他才讓自己透出一口氣，叫喊出聲音。

「我剛才為什麼會想到自殺呢？多麼愚蠢的行為呀！我為什麼不早一點想到這個方法呢？哦，沒有力氣嗎——鬼話！我要克服它，」他堅決而自信地說：「我絕對可以克服它！」

他隨即被慾望的烈燄焚燒起來，火球又在天空中升起來了，他瞠視著地上的泥土，他要收回他的雙手，然後將自己的身體推開地面……

他像一頭被困的野獸似的掙扎著，他終於爬起來了；他向兩邊支著他的腿，帶著一種癲狂的神情站著。但，只蹣跚地走了兩步，又倒了下來。不過，他並不因為自己站不穩而感到絕望，他反而更堅決了。

「好啦！我已經能夠站起。」他在心裡以一種狂喜的聲音叫道：「這是毫無凝問的，我絕對可以爬上去的！」於是他循著原路向山上爬上去……

才爬了一點路，他忽然停了下來，因為他聽到自己的身後有爬行的聲音。

但，只略一思索，他又續向上爬……

「這是自己的聲音呀！」他笑著向自己說。

可是，他很快的便發覺不是自己發出的聲音了。他馬上困難地扭轉頭……

排長跟在他的後面。

「別停下來，爬吧！」看見方璞驚訝地望著自己，排長平靜地說：「再耽擱時間就不夠了，無論如何……」

班長急急地截住他的話，問：

「您知道！」

「我當然知道你要去做什麼！」排長接著說下去：「這是唯一的一條路——順著山澗是走不通的，咱們不是差一點走不出來嗎！現在只要堵住這條路，他們就下不來！最低限度，他們一時下不來。除非他們另外砍開一條路，或者將這些火弄熄！」

「您想的完全和我一樣呀！」

「人在危急的時候是最聰明——走吧！無論如何，在他們下來之前，要將它燒起來！」

因為他們曾經燒起過一堆篝火，現在那些粗大的樹料正是燃燒得最熾旺的時候；而且，這條山道是很狹窄的，兩邊是比黑暗還稠密的佈滿荊棘的樹林，他們很快的就用火將它封鎖住了，易燃的荊棘就向著兩邊蔓延開去。

他們忘記了疲乏——也許是僵冷的身體被火溫暖的緣故——將那些枯枝和腐朽的大樹料塞在路口，把火引過去。

驀地，槍聲在山上響起來了……

他們互相望望，然後抓起地上的槍，返身向下走……

槍聲繼續在響……

二十七

經過一夜冗長而痛苦的掙扎，他們的心情已隨著天色漸漸由晦暗而變得明朗起來了。晨霧開始在林子裡瀰漫開來……

他們緩緩地繼續在走，精神異常興奮健旺，雖然他們的腳步很迂緩——因為他們已經知道，應該怎樣保持著他們的體力；但，那是含有一種傲慢意味的，彷彿兩個凱旋的武士。他們被一種輕微的，奇妙的什麼震顫著，在他們那注滿了喜悅的心靈上，除了這生存慾念的激動，這對於未來的企求與渴望，它是不能讓任何事物侵佔的。

現在，眼前的一切事物都賦有一種新的意義，一種完美的形態和一種最耐人尋味的韻律。

他們看著這如畫的白霧迷離的山林，他們聽到婉轉的晨鳥的鳴叫；他們感受到這寒冷的氣流像幸福一樣包裹著他們，使他們體味到生命的真義。

「世界本來是這樣美好的啊！」他們同時從心裡叫喊起來。

霧，漸漸地在他們的身邊散開了。他們開始聽到一種奇異的嘈聒的聲音——如同思想與生命的澎湃……

方璞突然失聲叫起來：

「您看！」他伸出顫抖的手，指著前面。「——這是什麼？啊，不會是霧吧！喏，您沒看見嗎？」

「啊！是的，我看見的……」

他們那蒼白的臉被一陣劇烈的痙攣扭曲了。半晌，他們用一種奇怪的聲音笑起來……

「——是河！」

「是河！就是那條河！」班長發狂地用手捶打著排長的肩膀，噙著眼淚說道：「是那條河——啊！我打痛了你的右手了……我的老天，咱們已經下到山腳啦！」

他們匆遽地奔跑下去，走出這座山林。

這條河水現在伸展在他們的面前了。它並不十分寬闊，約莫七十公尺左右，但，非常湍急；它的顏色是黃濁的，捲著被山洪沖下來的樹木，奔流著。它的岸邊——山腳與河水之間——是一條狹長而平坦的沙地（水漲的時候要被淹沒的），地面上散佈著部隊撤退時遺留下來的東西。排長看看林邊被砍伐的樹木和修削下來的枝椏。

「他們是紮木筏過去的呢！」他拾起一段麻繩說。

「還剩下好些木條。」

「咱們也來紮一隻木筏吧！你去搬木條，我找繩索——哦，布綁腿倒是很結實的，你將你的解下來吧！」

於是他們在林邊放下手上的槍，開始工作起來。當方璞將木條搬到河邊，動手將它們排列著縛在一條橫木上的時候，他忍不住用沉痛而瘖啞的聲音說：

「周大元不知道現在怎麼樣了！」

排長不響，將另一捲布綁腿遞給他。他打好一個死結之後，又試探地問：

「咱們可以等等他嗎？也許他就在後面呢。」他回頭去望望樹林。「我想，他一定是在山澗的那一段路走失的！在那裡不是曾經走錯了好幾次嗎？當時我被攪昏了，只顧自己走，忘了照顧他。」

「可是咱們把火燒起來——有多久，兩個鐘頭了，他總可以下來啦！而且，那個地方正好是山道和那條澗水交接的地方，他一定要經過的。」

「那麼您是說，他……」

排長唔了一下，乾澀地說：

「這是很難說的，他的身體並不十分健壯呀！」

班長停下他的手，他馬上想起當時那些鷲鳥撲下來搶食的恐怖情形。於是他不自覺地仰起頭去看看半山上的火煙。

「但願這是我的幻覺吧！或者，那被分食的是一隻山麂，而並不是他！」他虔誠地對那冥冥的上蒼說，含著一種乞憐的意味。「讓他下來吧——讓這可憐的孩子下來吧！他是應該活下去的，他還年輕吶！而且，他已經是一個頂呱呱的機槍手了！哦，他是用右手扣扳機的呢……」

「動手吧，」排長的聲音使將他從玄想中醒覺過來。「將那頭綁好，就可以下水了！」

方璞有點不悅地注視著排長。

「咱們不等他了？」

「這是不得已的事情，除非半山上還有另一條岔路，要不然，他生還的希望實在太渺茫了。你不覺得等一個可能永遠不會回來的人是一件危險的事情嗎？而且，在這種地方……」

「您以為是這樣？」

「假如我的判斷準確的話。」

方璞被他這句話激惱了，他那已死去的弟弟的鬼魂又在他的面前升起來了，隨即又幻變為周大元。他看見鬼魂那血肉模糊的臉，身上全是刺刀的裂口和烏黑的窟窿……

「這是他的判斷！」他的心感到一陣劇烈的搐痛，他嘶啞地叫喊起來：「這是他的判斷！」

於是，他彎著他的嘴角，輕蔑地向排長說：

「好吧！我將木筏紮起來，讓您自己逃吧！」

「你……」

「我？」他冷冷地獰笑著。「我留在這兒等他！」

「你瘋了嗎？」排長走近他，急急地叫道。

「我明白得很呢！」說著，他又彎下身體，繼續他的工作。他的手被激動得發抖，以致他結了好幾次，才將兩條帶子結起來。

排長站在一邊，沉默了一會，他摯切地說：

「你以為你這樣做是對的嗎？你知道，我一個人是不能走的！」

「怎麼不能走呢，」方璞挺直身體，譏誚地說：「您——怕什麼吧！」

「你放心，反正不是怕死，我只怕我們會毫無意義地犧牲掉！」

「毫無意義？您以為只顧著自己是很有意義的了？」

排長擺動著他那已變成紫色的右手，抑制地沉下聲音說：

「你只要看看我這隻手，就知道我是活不長久的。我的走，是為著自己嗎？」他嚴肅地注視著方璞那雙不馴的眼睛，接著說：「——為著我們！在這蠻荒裡，只有互助才能生存下去，只憑個人的力量，是沒有用的！你要留下來，你究竟是為誰留下來呢？」

方璞痛楚而昏亂地搖著頭，喊道：

「我不管這些，我只知道我不能讓周大元像方珏一樣，被他們殺死！」

這聲音直刺進排長的心裡去，他緘默下來。

方璞愣了好些時候才回過神，他忙亂地將木筏縛好，然後用力將它拖到河邊，大聲向一語不發的排長說：

「來吧，我已經替您預備好了！」

「你堅持著你的意見嗎？」排長鎮定地問。

方璞點點頭，催促道：

「快點吧，我還可以替你將它推出去一點。」

「好吧！」排長正色地說：「我也留下來等他！」

就在方璞對排長的決定感到驚訝的時候，左面的林子裡，突然衝出了幾個叛兵，槍聲跟著響了起來……

二十八

他們來不及跑過去取槍，便被那幾個沿著河岸搜索過來的叛兵抓住了。

方璞極力掙扎著，一邊在大聲咒罵，但，他的手終於被反縛起來，繩子的另一端，縛著排長的左手。

其中一個類似長官的傢伙神氣活現地衝著他們冷笑。他的身體粗矮，面色黝黑，那兩片粗糙而闊厚的嘴唇令人生厭的翻著，鼻尖有發紅的疹粒，那雙乖戾的眼睛像是猜透了別人什麼心事似的微微的瞇著，眼角顯出好些皺紋。他在方璞和排長的面前來回的走了幾步，突然兇惡地問：

「只有你們兩個人？」

他們互相望了望，不響。

「——說呀！」他重重地摑了排長兩記耳光，然後威脅地捏了捏腰上手槍的槍柄，叫道：「媽的！你們不怕死嗎？」

排長屹然不動，他輕蔑地注視著這個傢伙，微笑著說：

「開槍吧！你嚇不倒我們的！」

「開槍？」這個矮子惡毒的笑起來，他用那種難聽的雲南土語說道：「沒有這麼便宜啊！剝你們的皮還是最輕的呢！」說著，他磨磨牙齒，突然伸手扯斷排長縛著右手的布帶，猛力將他的手扭到身後，殘暴地逼問：「——還有多少人，快說！要不我就扭斷它！」

排長緊咬著牙，痛苦地呻吟著，最後，他從牙縫裡迸出一種難聽的聲音：

「你扭吧！如果你要想從我的嘴裡知道什麼，那你只有白費力氣了！」

「好！硬漢！」這人憤懣地嚷道：「我倒要看看你有多硬！」他一邊扭緊排長的手，一邊伸手去用力撕開創口上的布帶，血又開始從布帶裡面涔涔地滲湧出來……

方璞掙扎著反抗，旁邊的小兵立刻用槍托去擊打他的下頦和腰部，使他的上身抬不起來。

「怎麼啦？」這個矮子軍官得意地笑了。「這滋味不錯吧？——說不說？其餘的人呢？」

排長的頭被逼著仰起來，在肩頭上扭動著。突然，在短短的一瞬間（是的，只是短短的一瞬）他變了主意。

「說！他們在什麼地方？」

「噢——我說……你先放開！」排長故作其狀地嗄聲說：「左——左面！山腳上……」

「就是那條小路嗎？」

他點點頭。

「幾個人？」這傢伙又問，並沒有鬆開手。

「三個！」

「有槍嗎？」說出了口，這傢伙覺得這句問話是多餘的，於是又扭緊排長的手，脅迫地說：「都是真話！」

排長又點點頭。

「好！」他用力推開排長。「假如你撒半句謊，哼！你看老子怎麼樣收拾你！」他走前一步，向那幾個兵擺擺手，厲聲命令道：「留下一個人，班長帶其他的人上去——一個也別讓他們逃掉！捉活的！我在這裡等你們！」

等到那五個兵進了林子之後，這個矮子在這兩個俘虜的面前踱起步來。他的左手捏著右手的手拐，右手輕輕地摸著自己的下巴，像是在思索什麼；最後，一絲狡猾而冷酷的笑意從他的嘴角流露出來。他忽然停住腳步，向身邊那個瘦弱的小兵說：「抓住一個一百塊銀圓呀！」

「如果不是我提議上這邊來，」這個小兵貪婪地裂著嘴笑，邀功似的說：「就什麼都沒有了！」

矮子有點不快活地瞪那小兵一眼，生氣地叫道：

「前面的那條路口找不到一個腳印，我就料定他們是從這條路下來的了——不會錯！這一帶，就跟我自己的家一樣熟！那條路那個洞我不知道！」他越說越激昂，扭轉身，他急急地咒道：「媽的！假如不是我，大家還在山頭上吶！會這麼容易下得來！」

這個小兵怯怯地望著他笑，點著頭。

矮子滿意了。但，他一面來回走，一面又咕嚕起來。他低著頭，望著自己的腳，先是埋怨部隊長不聽他的計劃，結果死傷了這麼多人；接著，又誇耀著自己對於這一帶的地形怎麼怎麼熟識——瞭如指掌。據他說他是在這兒長大的；說到後來，話題又回到抓一個人可以拿一百塊銀圓上……

排長裝模作樣地哼著氣，偷偷地偵伺著這個正為幾百塊銀圓發愁的矮子，和這個正陷入深思中的小兵，當他窺見周大元在一個非常恰當的時機，從前面的林子裡躡手躡腳走過來，而在半途舉槍瞄準那站在一旁端著槍的小兵發射時，他出其不意地猛力將這個心不在焉的矮子踢倒……

砰……

這兩個傢伙一起滾跌在地上。那個瘦子搐動了兩下，便蹺著不動了。當那個矮子從驚惶中要想爬起來，奔過來的周大元的槍口已經貼在他的背上。

排長連忙制止：

「不要殺死他！」

周大元疑惑地望了望排長。

「不要動！」他厲聲警告著，隨即拿下掛在那傢伙腰上的手槍，鎮定地退到排長那邊去；他用左手去替他們解開手上的繩索。

方璞連忙將放在前面林子那邊的衝鋒槍抓起來。再回到他們的跟前。

「站起來！快點！」他踢踢那個傢伙。

這傢伙懶懶散散地站起來，故作鎮定地笑笑。

「你們逃不了的！」他傲慢地說。

「給他一槍吧！」班長低促地插嘴道。

「不！我有主意的。」排長說。「你去準備木筏吧！周大元，你的槍給我，去將他縛起來。」

矮子並不反抗。只是冷冷地笑。

「你們以為上了木筏就逃得掉嗎？」他沉下聲音說：「下面的渡口，早就給我們佔領了！木筏流過的時候，他們要把你們當活靶！」看見排長蹙起眉毛，他接著說：「我看，你們還是投降吧！假如你們肯，我絕對保證你們的安全……」

方璞已經將木筏拖進水裡去了。

「排長，都準備好啦！」他叫道。當他看見排長推著那個傢伙走過來，於是他抗議道：

「怎麼，咱們要帶他走？」

「唔，」排長解釋著：「咱們用得著他的！」

「可是得要處處提防他呀，這不是個累贅嗎？」

這傢伙的眼睛和方璞疑惑不滿的目光接觸了一下之後，他連忙回過頭去望望排長，神情上微微顯得有點焦慮。排長似乎馬上就覺察到這一點，但，他不願意在這個時候將自己的心意表露出來。他知道在這一帶叢荒莽林裡，只憑著自己的勇氣是不夠的，他們正需要他——一個好的嚮導，一個比詳細的地圖更切實可靠的嚮導；非但他們目前需要他，他們那在國境邊緣打游擊的部隊更需要他。所以，在這個時候，他含蓄地說：

「我知道，如果能活，誰也不願意死的；在這種荒野裡，誰離了群誰就活不了命——你應該比我們明白。」排長推推那個傢伙。「你先上去吧！」

方璞急急地伸手阻止，他說：

「絕對不能帶他走！這木筏三個人已經過重了！」

「這正是我的意思，」排長胸有成竹地說：「你還是聽從我吧，不然那幾個兵聽見槍聲，就要趕回來的。周大元你和班長一起到那邊去拖幾根大一點的，帶葉的樹枝來吧！」

等方璞和周大元走開之後，這個矮子重複著說：

「這只有去送死，你們逃不了的！」走近木筏時，他回過頭，顫聲向排長發問：「你還是不考慮投降嗎？」

「你安心上去吧，」排長溫和地說：「我要你知道，誰才能真正保證你自己的安全，你以為是共產黨嗎？你可以將我們向他們換幾百塊銀圓，但你想過嗎？總有一天，你也會被他們拿去換的！說不定比我們這個價錢更低賤。現在我用不著向你保證，因為我們並不將你去換一百個銀圓，我們只是多了一個同伴——反過來說：即使是死，能夠陪著我們一起死，你也應該覺得光榮才對呢！」

正當方璞和周大元拖著樹枝回來的時候，那幾個奉命到山腳上去搜索的傢伙果然緊緊張張的趕回來了。排長用肘拐將那個矮子推上木筏，一邊用手槍向他們發射。

「當心！快！」他大聲警告著。

槍聲在前面響起來，子彈落在木筏左右，那飛濺的泥土發出沉悶的聲音……

班長機警地撲倒在地上，隨即以最敏捷的動作抓起放在地上的那支衝鋒槍，用連發向山腳下掃射還擊……

有三個應聲倒地，其餘的幾個失了主意，開始向後面林邊奔逃了。當他們再向木筏射擊時，周大元已經將樹枝扔到木筏上，然後幫助班長拒敵，一邊將木筏推出去……

因為這隻木筏太小（幾乎不配稱為木筏），所以當他們完全上了木筏之後，它便被壓在水下面了；他們平伏著，使它保持平衡，隨著急流淌下去……

誠如這個俘虜所說，下游的渡口已經被由另一條山道追搜下來的叛軍佔領了；他們群集在岸邊，忙碌地製作著渡河工具。當木筏經過這狹窄而湍急的渡口時，他們早已依照排長的指示，佈置妥當了：他們將那些砍來的帶葉的樹枝，覆蓋在身體上，用繩子將枝幹縛牢；他們幾乎將整個身體浸進這冰冷的河水裡，只微微的露出他們的頭，被上面的枝葉遮掩著，看去就像是一堆被山洪沖下來的樹木一樣。

於是，他們平安地通過渡口，繼續順流而下……

狹谷，山林，渡口，這個夢魘一樣的白天和夜晚，以及那些被他們永遠保留著的記憶，完全過去了！被拋棄在後面了！現在，呈現在他們面前的，是那耀眼的陽光；從前面那些樹林縫隙中，從那逐漸消散的薄霧中照射過來……

民國四十二年九月完稿於臺北

潘壘全集07　PG1158

新銳文創　狹谷

INDEPENDENT & UNIQUE

作　　者	潘　壘
責任編輯	陳思佑
圖文排版	周妤靜
封面設計	李孟瑾
出版策劃	新銳文創
製作發行	秀威資訊科技股份有限公司 114 台北市內湖區瑞光路76巷65號1樓 電話：+886-2-2796-3638　傳真：+886-2-2796-1377 服務信箱：service@showwe.com.tw http://www.showwe.com.tw
郵政劃撥	19563868　戶名：秀威資訊科技股份有限公司
展售門市	國家書店【松江門市】 104 台北市中山區松江路209號1樓 電話：+886-2-2518-0207　傳真：+886-2-2518-0778
網路訂購	秀威網路書店：http://www.bodbooks.com.tw 國家網路書店：http://www.govbooks.com.tw
法律顧問	毛國樑　律師
圖書經銷	貿騰發賣股份有限公司 235 新北市中和區中正路880號14樓 電話：+886-2-8227-5988　傳真：+886-2-8227-5989
出版日期	2014年12月　BOD一版
定　　價	310元

Printed in Taiwan

國家圖書館出版品預行編目

狹谷 / 潘壘著. -- 一版. -- 臺北市 : 新銳文創, 2014.12
面； 公分. -- (潘壘全集 ; PG1158)
BOD版
ISBN 978-986-5716-38-7 (平裝)

857.7 103022879

讀者回函卡

感謝您購買本書，為提升服務品質，請填妥以下資料，將讀者回函卡直接寄回或傳真本公司，收到您的寶貴意見後，我們會收藏記錄及檢討，謝謝！

如您需要了解本公司最新出版書目、購書優惠或企劃活動，歡迎您上網查詢或下載相關資料：http:// www.showwe.com.tw

您購買的書名：________________________________

出生日期：________年________月________日

學歷：□高中（含）以下　□大專　□研究所（含）以上

職業：□製造業　□金融業　□資訊業　□軍警　□傳播業　□自由業

　　　□服務業　□公務員　□教職　□學生　□家管　□其它_____

購書地點：□網路書店　□實體書店　□書展　□郵購　□贈閱　□其他

您從何得知本書的消息？

□網路書店　□實體書店　□網路搜尋　□電子報　□書訊　□雜誌

□傳播媒體　□親友推薦　□網站推薦　□部落格　□其他__________

您對本書的評價：（請填代號　1.非常滿意　2.滿意　3.尚可　4.再改進）

封面設計____　版面編排____　內容____　文／譯筆____　價格____

讀完書後您覺得：

□很有收穫　□有收穫　□收穫不多　□沒收穫

對我們的建議：________________________________

____

____

____

請貼
郵票

11466
台北市內湖區瑞光路 76 巷 65 號 1 樓

秀威資訊科技股份有限公司 收

BOD 數位出版事業部

....

（請沿線對折寄回，謝謝！）

姓　　名：____________　年齡：______　性別：□女　□男

郵遞區號：□□□□□

地　　址：________________________

聯絡電話：(日) ____________ (夜) ____________

E-mail：________________________